옆집 천사님 때문에 어느샌가
인간적으로 타락한 사연
사에키상
일러스트 하네코토
Vol. 11
©Hanekoto

목차

후지미야 아마네

진학하고 자취를 시작한 고등학생.
집안일을 못해서 엉망으로 생활했다.
자신을 비하하는 경향이 있지만
근본은 착하고 상냥하다.

시이나 마히루

아마네의 옆집에 사는 소녀.
학교 제일의 미소녀, 천사님으로 불린다.
아마네의 생활을 보다 못해
식사를 챙겨 주고 있다.

©Hanekoto
시이나 마히루
Welcome
OPEN
추천
BLC
샌드
(음료 포함)
880yen

"즐거웠지?"
모두와 헤어지고 귀갓길에 오른
아마네와 마히루는 손을 잡고
느긋하게 길을 걷고 있었다.
©Hanekoto

옆집 천사님 때문에 어느샌가
인간적으로 타락한 사연
vol. 11
사에키상
일러스트 하네코토
©Hanekoto

일러스트
하네코토

제1화 밸런타인데이의 밤

“주는 게 늦었지만, 올해 초콜릿이에요.”

다른 여자애에게 고백을 받은 아마네를 향한 불안을 털어내고서 식사를 마친 뒤, 부랴부랴 상자를 건네는 마히루는 왠지 긴장한 것처럼 보이기도 했다.

“고마워. 일부러 만들게 해서 조금 미안하기도 하고.”

“아마네 군은 제가 만든 걸 더 좋아하면서.”

“그야 당연하지. 올해는 기대했어.”

기본적으로 마히루가 만든 것은 뭐든 맛있어서 그런 걸 걱정할 필요는 전혀 없지만, 그 마히루가 더욱 솜씨를 발휘해 만들었다면 기대가 더욱 커진다.

이러니저러니 해도 완벽을 추구하는 마히루는 아마네를 위해서라면 몇 번이고 시험작을 만들었을 것 같지만, 생일 때처럼 배를 걱정하지 않는 걸 보니 한시름 놓았다.

그래서 순수하게 설레는 마음으로 상자를 받았는데, 왠지 마히루는 미묘하게 못마땅한 기색으로 시선을 내렸다.

“작년에는 기대하지 않았던 것 같네요…….”

작게 중얼거리는 말을 듣고, 아마네는 그런 걸 신경 쓴 거냐며 쓴웃음을 짓는다.

"받을 줄 몰랐으니까. 딱히 바란 것도 아니었고."

작년 밸런타인데이는 마히루와 사귀는 걸 상상할 수도 없던 시기였다. 은근히 신뢰를 얻고 가까이 다가간 건 느꼈지만, 아마네 자신은 초콜릿을 받을 사이라고 자신 있게 단정할 수 없었다.

당시의 아마네는 마히루가 초콜릿을 준다고 생각한 적도, 기대한 적도 없다. 그래서 받았을 때 놀랍고 기뻤던 건데, 마히루는 "딱히 바란 것도 아니었다."라며 아마네의 말을 되뇌었다.

완전히 다른 의미로 받아들여진 것 같아, 아마네는 황급히 마히루의 얼굴을 들여다본다.

"마히루 네가 생각하는 그런 뜻이 아니야. 밸런타인데이 자체에 관심이 없었고, 애초에 받을 환경조차 아니었다, 그렇게 인식한 거라고."

작년 이 시기의 아마네는 여자에게 흥미를 느끼는 일 자체가 없었고, 애초에 여자에게 호감을 살 만한 매력이 없었다고 자부하고 있다.

노력한 지금이라면 모를까, 예전의 아마네가 초콜릿을 받을 수 있다는 자신감을 어디서 가져올 수 있었겠는가.

"그때 마히루에게 받을 수 있다고 생각했다면 자만이 너무 심한 거잖아."

"그, 그럴 수도 있지만, 어쩌면 하고, 조금이라도 생각하지 않았어요?"

"안 했지. 왜냐면 그때는 그 마히루였으니까."

지금의 마히루는 아마네에게 완전 푹 빠졌고 좋아한다는 태도를 숨기지도 않지만, 당시의 마히루는 제법 가시가 돋쳤고, 아마네를 명확하게 좋아한다는 느낌도 아니었다. 아마네는 친한 친구 정도로 인식할 거라고 생각했기에 초콜릿은 의식조차 하지 않았다.

애초에 남자한테는 주지 않는다고 들었었다. 그런데 받을 수 있다고 생각했다면 제정신이 아닌 거다.

당시의 마히루를 떠올리며 단호하게 부정하는 아마네에게, 마히루는 불만을 감추지 않는다. 뾰로통해진 입술이 사랑스러워 그만 웃어버린다.

"그런 얼굴 하면 확 해버릴 거야."

"어?"

"농담이야……. 아까 많이 했고, 부으면 곤란하니까."

식사 전에 다른 단것을 맛본 바람에, 지금 마히루의 입술은 평소보다 어쩐지 도톰하고 혈색이 좋다.

후다닥 입술을 손으로 가린 마히루는 부들부들 몸을 떨며 아까보다 빨개진 얼굴로 아마네를 올려다본다.

"그, 그걸 누가 했는데요……."

"내가."

깔끔하게 자백하자 마히루의 작은 손바닥이 아마네의 팔을 찰싹찰싹 때리지만, 간지럽기만 하니까 직성이 풀릴 때까지 마음대로 하게 놔둔다.

"미안하대도. 잘 참았잖아……?"
"아마네 군은 열중하면 잔뜩 해대니까 싫어요."
"싫어?"
"싫어요……."
"그래? 아쉽네."
그 '싫다'가 진심이 아니라는 것을 안다.
'강한 부정은 긍정'이라는 말을 전혀 믿지 않는 아마네지만, 지금같은 경우 마히루가 말하는 '싫다'가 부정을 뜻하지 않음을 안다. 물론 진심으로 싫어한다면 아마네도 억지로 시킬 생각은 없다.
"아, 아무튼, 올해는 열심히 만들었으니까요. 아마네 군 입맛에 맞으면 좋겠는데요."
오늘은 더 안 된다는 뜻으로 대화를 끊은 마히루가 아마네의 손에 있는 상자로 시선을 돌린다.
방금 마히루에게 받은 것은 크림색 직사각형 상자에 초콜릿색 리본이 감긴 것이다.
살짝 흔들어 보니 안에 여러 개가 들어 있는 듯한 소리가 난다. 크기로 봐서도 제법 많이 들어 있을 것으로 예상할 수 있다.
올해는 초콜릿 가공품이 아니라 초콜릿을 메인으로 했다고 하니까, 다소 딱딱한 소리가 나는 것도 이해할 수 있다.
"마히루가 만드는 거라면 뭐든 기쁘지만…… 내 취향에 맞춰서 만들어 준 거니까 더 기뻐. 열어 봐도 될까?"
"네."

안 열면 오히려 곤란하다며 고개를 끄덕이기에 재촉하는 대로 조심스럽게 리본을 풀고 상자 뚜껑을 들어 올리자—— 광택이 나는 초콜릿이 열 개 정도 가지런히 놓여 있었다.

모양은 사각형에 같은 크기로 통일되어 있지만, 외양에는 조금씩 차이가 있다.

아마 카카오 함유량이 다를 듯한 빛깔 차이부터, 견과류를 토핑했거나 초콜릿을 선 모양으로 뿌린 것 등, 보는 즐거움을 준다.

놀랍게도 파티세리(전문 양과점)에 있는 것처럼 표면에 알록달록 무늬가 있는 초콜릿도 있다. 수고가 들어갔다는 것을 여실히 알 수 있다.

좋은 의미로 사람이 직접 만든 느낌이 없다고 할까, 고급품으로 판매되어도 이상하지 않을 완성도였다.

"……이거, 직접 만든 거지?"

"뭘 의심하는 거예요!"

"아니, 진짜…… 예쁘달까, 너무 훌륭해서. 대단해."

"이번에는 봉봉 쇼콜라니까 외관에도 공을 들였어요. 그래도 전사 시트를 써서 훨씬 거창하게 보이는 건데요."

마히루는 애쓴 보람이 있었다며 가슴을 펴지만, 아마네 입장에서는 고마우면서도 너무 무리한 거 아닌가 하는 마음이 조금 생긴다.

"아니, 그럴 리가……. 그건 그렇고, 혹시 이것도 맛이……."

"하나하나 다른데요?"

아무렇지도 않게 당연하다는 듯 말해서 아마네는 감탄할 수밖에 없다.

밸런타인데이 전부터 달달한 향기가 은은하게 퍼져서 뭔가 시험작을 만드는 거겠지, 하고 예상은 했지만, 설마 이 정도일 줄이야.

"……정말 많이 애썼어. 진심으로 고마워, 기뻐."

"후후, 노력을 칭찬하기엔 아직 일러요. 가장 중요한 맛도 확인해 주세요."

'어서요.' 라며 설렘 가득한 눈빛으로 권하는 마히루가 시키는 대로, 오늘 첫 번째가 될 예정인 초콜릿을 바라본다.

하나같이 조명 빛을 받아 아름다운 광택을 내서 수제품에서 흔히 볼 수 있는 무광택 질감인 표면은 전혀 없다. 단순히 녹이기만 한 초콜릿은 외관도, 식감도 나빠진다는데, 지금 아마네의 손에 있는 것은 그런 기미가 조금도 없었다.

"먹는 순서가 있을까?"

"아마네 군의 취향대로……라고 하고 싶지만, 맛이 섬세한 것부터 먹는 것을 추천해요. 이거랑 이쪽에 있는 것들이에요."

"셰프의 추천대로 먹겠습니다."

만든 사람이 추천하는 대로 먹는 게 제일이니까, 마히루가 권한 초콜릿을 집어 일단 반만 깨문다.

깨물자마자 입안에 퍼지는 것은 쌉싸름한 초콜릿과 산뜻한 감귤의 향. 이 맛에는 초콜릿의 쓴맛만이 아니라, 감귤의 시큼한 맛도 섞여 있다.

쓴맛이 나지만, 불쾌하진 않다. 단맛을 더욱 도드라지게 하려고 일부러 계산해서 느끼게 한 거겠지. 혀를 찌르는 듯한 떫은 맛은 전혀 없고, 그저 산뜻하면서도 깊이가 있는 쓴맛.

뒤늦게 찾아온 단맛과 은은한 새콤달콤함은 단것을 싫어하는 사람이라도 맛있게 먹을 수 있도록 균형이 잘 잡혔다. 입안에 초콜릿 특유의 진한 맛을 남기면서도 달착지근함이 남지 않는 깔끔한 뒷맛이 되었다.

"맛있어."

이건 빈말이 아니라 솔직한 감상이었다.

은근히 맛에 까다로운 아마네지만, 진심 어린 찬사를 보내고 싶을 정도다.

무심코 참지 못해서 나머지 초콜릿 반쪽을 입에 넣을 만큼 맛있다. 더 늘어난 입안의 행복감에 눈을 희미하게 뜬다.

"입맛에 맞아요?"

"당연하지. 무지 맛있어. 너무 달지도 않으면서 쓴맛이 강한 것도 아니고, 단맛과 쓴맛의 황금비를 노린 느낌이야."

"후후. 아마네 군의 미각은 대체로 파악하고 있으니, 이 정도가 맛있을 거라고 예상하고 만들었는걸요."

"어, 뭐야? 위장뿐만 아니라 혀까지 사로잡힌 거야, 나?"

취향의 정중앙을 꿰뚫렸는데 그것마저 계산한 것이라고 하니, 아마네는 전율할 수밖에 없다. 두려움과 기쁨이 반반이지만.

"나머지도 아마네 군의 취향에 맞춰서 맛을 딱 정했으니까요.

다음엔 이걸 먹어 볼래요?"

장난스럽게 미소를 짓는 마히루에게는 도저히 이길 수 없을 것 같다.

이번에는 다음으로 가장 좋아하는 것을 입에 대주는 마히루에게 웃고, 마히루가 가져다주는 달지 않으면서도 달콤한 초콜릿을 기쁘게 받아들였다.

마히루가 손수 초콜릿 세 개 정도를 먹여 주면서 식후의 달콤한 시간을 보낸 아마네는 몸을 씻고 나서 침대에 눕는다.

아까만 해도 아무렇지 않았는데 목욕하고 이렇게 눕자마자 훅 하고 마치 몸의 중심에 추가 달린 것처럼 몸이 피로를 호소하기 시작했다.

아르바이트 근무도 없었으니 육체적인 피로는 없었지만, 정신적인 피로가 몸을 무겁게 한 거겠지. 평소보다 눈꺼풀이 무거워지는 것도 빠르다.

무거운 몸을 채찍질해 침대 옆에 있던 조명 리모컨을 실눈으로 간신히 잡아 꺼짐 버튼을 누른 뒤에는, 더 저항하지 못하고 눈꺼풀이 내려앉는 그대로 몸도 리모컨도 모두 침대에 내던졌다.

새까매진 시야와는 반대로, 멋대로 오늘 있었던 일이 묘하게 선명한 광경으로 떠오른다.

울 것처럼 떨렸지만, 그럼에도 미소를 지었던 그 얼굴을.

(후회는 없어…….)

가슴속에서 꺼낸 말에, 거짓은 없다.

아마네는 마히루 말고 다른 사람을 선택하지 않고, 선택할 수도 없다. 아마네가 유일하다고 정한 것은 마히루이고, 마히루 말고 다른 사람을 사랑스럽다고 생각할 일도, 자기 곁에 있어 주기를 바랄 일도 없다. 마히루 말고는 필요 없다.

그것이 잔혹한 일이라는 것을, 그리고 그걸 들이댔다는 것을 이해해도, 아마네는 철회할 마음이 추호도 없다.

다만 마히루가 염려했던 것처럼, 작은 아픔은 있다.

다른 사람에게 상처를 줄 것임을 명확히 이해한 상태에서, 그럼에도 확실하게 선을 긋고 거부함으로써, 스스로 죄책감을 품고 혼자 상처를 냈다.

본인이 더 울고 싶을 텐데, 그런데도 아마네가 보는 앞에서는 울지 않았던 그 아이에게, 멋대로 상처받고 아픈 척했다.

선택한다는 것은 나머지를 버린다는 것.

어떻게 될지 이해한 다음에 스스로 거부해서 그 결과를 만들고, 거부했으면서, 상처받은 척하고 있다. 진짜 어리석다고밖에 말할 수 없지만, 아마네는 이 어리석음을 받아들이고 있다. 자신이 '아마네' 라는 인간인 이상 피할 수 없는 것.

그러므로 가슴속에 작은 아픔이 스쳐도, 받아들이고 삼킨다. 있어야 마땅한 거니까. 설령 마히루가 그걸 두려워해서 피하고 싶었더라도, 아마네는 자신으로서 살기 위해 받아들일 생각이다.

이츠키에게 알려지면 '성격 참 까다롭네.' 라는 말을 들을 것 같지만, 그래도 이건 양보할 수 없다.

(내일부터, 어떻게 해야 할까……?)

서로 어떻게 될지 알면서 고백하고 거절한 거니까, 단순히 고백을 받은 것과는 다른 어색함이 있을 것이다.

이건 어쩔 수 없는 일이다. 이성으론 그렇다고 알면서도 가슴과는 조금 다른 위장 부근의 답답함을 느끼며, 아마네는 가만히 한숨을 쉬었다.

선택한 것은 아마네다. 그러니 이러쿵저러쿵 말할 생각도 없고, 마히루가 걱정하면 안 되니까 티를 낼 생각도 없다.

답답해진 숨을 다시 한번 가슴에서 몰아내고, 천천히 심호흡하면서 몸 끝에서부터 잠식하는 잠기운에 몸을 맡겼다.

제2화 밸런타인데이 다음 날의 일

다음 날에도 아마네는 평소와 같은 얼굴로 학교에 갔다.

함께 아침 식사를 하는 마히루에게 들키지 않도록 최대한 태연한 척했는데, 정작 마히루는 아는지 모르는지 아마네의 태도에 대해 뭔가 지적하는 일이 없었다.

어느 쪽이든 언급되지 않은 것에 안도하며 교실로 들어서자, 웬일로 치토세가 먼저 교실에 도착했는지 일찍 등교한 아야카와 화기애애하게 수다를 떨고 있었다.

곧이어 아마네와 마히루의 등장을 눈치챈 듯 활짝 유난히 밝게 웃고 손을 붕붕 흔들어대는 치토세에게, 아마네도 마히루와 눈을 맞추며 작게 웃어버린다.

"안녕! 어제는 어땠어?"

"안녕. 후지미야 군이랑 시이나 양. 오늘도 사이좋네."

치토세도 아야카도 구김 없이 웃지만, 왠지 모르게 그 느낌이 다른 것 같다.

"다들 안녕. 어땠긴, 뭘 기대하는 거야."

"어? 그야 물론 초콜릿을 잔뜩 바르고 아마네를 유혹하는 마히룽을."

"바보야?"

아침부터 말도 안 되는 말을 꺼낸 치토세에게 아마네는 점잖은 표현을 준비할 생각조차 들지 않아 신랄한 말로 대꾸하는데, 치토세는 전혀 신경 쓰는 기색 없이 여전히 웃는 얼굴.

옆에 있는 아야카가 쓴웃음을 짓고 있으니까, 심정적으론 아마네의 편일 것이다.

"도대체 뭘 어떻게 생각하면 그렇게 되는 거야."

"어? 그래도 흔하잖아, 그런 거."

"치짱은 발상이 너무 튄단 말이지."

"이건 솔직하게 이상하다고 말해도 된다고 생각해."

"여러 의미로 재미있단 말이지, 치짱은."

긍정도 부정도 하지 않고 싱글벙글 흘려듣는 아야카는 치토세에게 지적하는 걸 포기했다. 그래 봤자 소용없다고 생각하는 걸지도 모른다.

"치토세는 이상한 만화나 잡지를 너무 많이 보는 것 같아. 뭘 어떻게 하면 그런 발상이 나오는 건데. 마히루가 그럴 리가 없잖아."

"왜 초콜릿을……? 아마네 군은 단것을 별로 좋아하지 않으니까 기뻐하지 않을 거예요. 게다가 음식을 함부로 버리는 행위는 칭찬받을 수 없고요. 그리고 비위생적이라 하지 않아요."

"두 사람이 같이 진지하게 내 생각이 불순하다고 지적하는 바람에 죽겠어."

"불순하다는 건 아는 거잖아."

"아잉."

부끄러운 듯 몸을 비비 꼬면서 뺨에 손을 대는 치토세를 싸늘한 눈으로 본다.

"참고로 내 초콜릿은 먹었어?"

"아직이야. 어제는 마히루 것만."

"뭐, 당연하겠네. 만약 먹었더라도 마히룽 걸 먼저 먹었을 거고, 낙차가 클 것 같으니까 잘됐을지도."

"너도 참……."

그 낙차의 원인이 무엇인지 제조한 치토세가 가장 잘 알 텐데도 본인은 뻔뻔한 기색이다. 앞으로 먹게 될 아마네는 따지고 싶은 말이 얼마든지 있다.

다만 치토세는 재미로 치는 장난이라도 악의가 없다. 그리고 본인이 못 먹는 걸 주면 아마네도 화내겠지만, 본인은 만들 때 맛있게 잘 먹는 걸 아니까, 초콜릿을 받은 처지에선 세게 말할 수 없었다.

"정말로, 일단 물어보는 건데, 먹을 수 있는 거지?"

작년의 파괴력을 아직 기억하기에 정말로 확인차 떠 봤는데, 치토세는 뺨을 빵빵 부풀리며 매우 못마땅한 표정을 지었다.

"어제부터 엄청나게 의심하잖아. 마히룽이랑 잘 상의하고 여러 번 시험한 다음에 만들었어. 잘 조절해서 먹을 수 있걸랑요. 만약 먹기 힘들 정도로 자극적인 거면 어쩌려고 했어?"

"뭐, 핫밀크에 녹이면 아슬아슬하게 중화되겠지……."

마히루가 보증한 건 알지만, 마히루의 허용량과 아마네의 허용량은 다르다. 만약 마히루가 아마네의 한계치를 잘못 짐작했을 경우, 몹시 비참한 일이 벌어질 게 뻔하다.

그때는 형태를 바꿔서라도 위장 속에 수납할 생각이니, 그 정도는 용서해 주길 바란다.

버릴 생각은 없다는 뜻을 분명히 전하자, 치토세도 감탄한 듯이 씁쓸한 얼굴을 한 아마네를 빤히 쳐다본다.

"남기거나 하진 않는구나."

"선물로 받은 거고, 일단, 일단 나를 생각해서 만들어 준 거잖아. 그렇다면 당연히 먹어야지."

아무리 그래도 먹을 수 없는 거라면 남길 수밖에 없겠지만, 치토세는 그저 자기 취향을 바탕으로 아마네를 위해 특별히 그 초콜릿을 만들어 준 것이다.

가능하다면 조금 더 순한 방향으로 만들어 주면 좋겠다고 불평하지만, 받은 것 자체에는 감사하고 고맙게 먹을 생각이다.

먹은 다음 나중에 따지는 것은 애교다.

"중요한 일이니까 두 번 말하는 거잖아. 그야 물론 아마네를 잘 생각해서 만들었는걸?"

"내가 아니라 내 혀와 목과 위장에 줄 대미지를 생각한 거겠지."

"에헷."

"웃음으로 얼버무렸어, 이 녀석."

"치짱은 이렇게, 놀라움을 주려고 한단 말이지……. 아마네 군을 너무 놀리면 시이나 양이 화낼걸?"

"마히룽이 감수해서 만든 거니까~."

"브레이크가 있어서 잘됐네."

"정말이야. 뭐, 앞으로 천천히 먹을게. 인간이 먹을 수 없는 물질이었다면 폐기하는 것과 관계 기관에 신고하는 걸 생각했겠지."

"그 정도론 안 해~!"

"아침부터 다들 활기차네."

치토세가 입술을 쭉 내밀며 부정하고 있을 때, 마침 이츠키도 교실에 도착한 듯 두껍게 감은 목도리 사이로 희미하게 웃음을 드러냈다.

남자친구가 도착한 것에 치토세는 눈을 빛냈지만, 이츠키의 태도에서 아마네는 지원을 기대해도 소용없을 것임을 짐작했다.

"잇군, 아마네가 너무해. 무지막지 의심해."

"무슨 얘긴데."

"어제 초콜릿 얘기."

"평소 행실이 문제네."

사랑하는 여자친구가 상대라도 단호하게 잘라 말한 이츠키는 아마네에게 '너도 참 고생이 많다.' 라는 느낌으로 동정하는 눈빛을 보내지만, 그럴 거라면 치토세가 완성하기 전에 막아 주면 좋겠다.

"누구 편이야, 정말."

"이번엔 아마네 편이네. 나도 맛봤으니까 하는 말이야."

이츠키도 진심 초콜릿을 받았겠지만, 그것과는 별개로 아마네용 초콜릿은 이츠키도 시식 담당으로 참전했으니 이쪽 편일 터이다.

이츠키에게 '엄청났어.', '쩔어.' 같은 식으로 매운맛으로 인해 어휘력이 저하된 사전 감상을 들었던 아마네로서는 전전긍긍하는 것이 당연하다고 할 수 있고, 의심하는 것 또한 마찬가지다.

"너무해."

"누가 너무한 건데……."

"치이."

"치짱."

"치토세 양이네요."

"마히룽까지."

이번만큼은 치토세에게 아군이 없는 듯하다.

"제법 아슬아슬할 선까지 맛을 밀어붙인 것은 옆에서 본 제가 아니까요. 제가 말려도 자제하지 않았잖아요. 아마네 군이 의심해도 어쩔 수 없을 거예요."

"으앙."

"뭐…… 사람이 먹을 수 있게 만들었으니 안심하세요."

상처받았다고 말하는 것처럼 우는 척하는 치토세를 완전히 무시한 마히루가 아마네에게 싱긋 웃었다.

마히루가 한 말이니 위장에 영향이 없을 거라고 믿고 싶지만, 진짜로 그럴지는 말 그대로 매운맛을 첨가한 치토세의 손에 달렸다.

"마히룽은 아무렇지도 않게 먹었는걸."

"저는 내성이 있는 편이고, 매운 것도 어느 정도 좋아하니까요. 아마네 군은 매운 것을 잘 못 먹는 편이니 꽤 힘들지 않을까 싶어요."

"먹기가 두려운 밸런타인데이 선물이 대체 뭐냐고……. 마히루, 먹을 때는 옆에서 지켜봐 줘."

"우유를 미리 준비해 둘게요. 그리고 미리 요구르트를 넣어서 위 점막을 보호하죠."

"그 조언이 무섭단 말이지."

지금부터 위장 손상을 걱정해야 하는 사실에 공포를 느끼지만, 피할 생각도 없으므로 지금부터 위장을 달래는 차원에서 귀갓길에 유제품을 사기로 결심했다.

오늘 아르바이트 근무를 마치고 귀가하면서 사야 할 물건 리스트에 우유와 요구르트를 머릿속에 단단히 추가하며 배를 문지르는 아마네는 "그렇게 경계하지 않아도 되는데……."라고 투덜대는 치토세의 말을 한 귀로 흘려듣고 자신의 사물함에 코트를 넣으러 간다.

지금부터 상상만 해도 속이 뜨거워지고 있는 것이 참으로 두렵다.

한숨을 쉬고 코트를 벗는 순간, 마침 등교한 듯한 히비야, 코니시와 눈이 마주쳤다.

"안녕."

"안녕~ 후지미야 군."

"아, 안녕."

평소처럼 아침 인사를 한다.

굳이 따지자면 낯을 가리는 성격인 걸 알지만, 같은 반 아이를 만나면 보통 인사도 하고 잡담도 한다.

상대가 누구든 간에.

어디까지나 평소처럼 대하려고 노력하며 히비야와 코니시에게 말을 걸자, 두 사람 역시 평소대로 답해 주었다.

코니시가 약간 말을 더듬고 눈가가 조금 빨간 것 같기도 하지만, 그건 차마 언급할 수도 없다. 아까와는 다른 의미로 쓰린 위장을 무시하고 가볍게 손을 흔들며 사물함으로 시선을 옮긴다.

서로 어제 일에 대해 언급할 마음이 없는지 코니시 쪽도 무언가 말하는 일은 없었는데, 다만 평소의 조금 처진 눈썹의 각도가 평소보다 조금 더 아래로 기울어져 있었다.

옆에 있는 히비야도 그걸 눈치챈 듯했지만 언급하지 않고, 코니시의 어깨를 슬쩍 밀어서 교실 안으로 재촉하고 있었다.

생각해 보면 어제 사정을 아는 듯한, 뭔가 말하고 싶은 듯한 말투로 보아 히비야도 코니시의 마음을 알고 있었을 것이다. 친한 친구이니 상담 정도는 했을지도 모른다.

그렇다면 거절한 것을 비난할지도 모른다고 생각했는데, 히비야는 아무 말도 하지 않는다. 그저 지켜볼 뿐, 아마네를 타박하는 낌새는 조금도 드러내지 않았다.

오히려 그것이 불편하지만, 히비야도 코니시도 아마네에게 무언가 말하는 일은 없다.

당사자들은 울적함을 느낄 수 없는 산뜻한 태도로 옆을 지나쳐 갔으므로, 아마네는 입술에 한 번 힘을 주기만 하고 그대로 코트를 개서 사물함에 넣었다.

오늘 점심은 교실에서, 직접 싼 도시락을 이츠키, 유타와 같이 먹게 되었다.

아마네도 요리는 문제없이 할 수 있고, 마히루에게 매번 만들어 달라고 하는 것은 미안하니까, 오늘은 직접 싼 도시락이다. 마히루가 싸 주려고 했지만, 밸런타인데이라서 저녁 식사도 공들여 만들었는데 점심까지 잘 챙겨 달라고 하면 너무 미안해서 굳이 거절한 결과다.

정작 마히루는 치토세와 아야카와 함께 식당에 갔다. 마히루의 도시락도 아마네가 싸서(그렇지만 마히루가 미리 만든 것도 반찬으로 들어갔다) 그걸 먹을 테지만, 밸런타인데이가 어땠느니 도시락의 완성도가 어떻니 같은 말을 들을 것 같아서 조금 속이 쓰렸다.

"그건 그렇고, 커플이 늘었네."

귀찮아서 편의점에서 산 듯한 주먹밥 포장지를 벗기며 이츠키가 새삼스럽게 중얼거린다.

듣고 보니 밸런타인데이 전까지는 거리가 있던 남녀가 노골적으로 가까이 붙었고, 복도를 보면 이전보다 두 명씩 짝을 지어 다니는 사람들이 늘었다. 제법 둔감한 아마네도 알 수 있을 정도로 훈훈하고 들뜬 공기가 은근히 감돌고 있으니, 밸런타인데이는 어지간히 사람을 움직이는 힘이 있는 듯하다.

"밸런타인데이 뒤니까 그렇지. 우리가 모르는 곳에서도 희비가 엇갈렸을 거고, 결과가 나온 사람들이 이렇게 눈에 띄게 보이는 거 아닐까?"

"카도와키는 그런 데 관심 없어?"

"난 지금 육상이 더 바쁘고, 애초에 지금으로선 여친을 원한다거나 하는 감정이 없어. 입시 공부도 있고, 애초에 시간이 없다고 할까."

몰두하는 일에 한없이 금욕적인 유타는 담담하게 고개를 가로젓는다.

이 자리에서, 아니 이 학교에서 가장 인기 많은 남학생이라고 해도 과언이 아닌 유타가 봤을 때, 남녀 교제는 당장 필요가 없는 듯하다.

유타의 인기에 피눈물을 흘리며…… 아니, 이제는 완전 질려 버린 남학생들이나 유타에게 호감이 있는 여학생들이 들으면 여러모로 비명이 터져 나올 것 같지만, 목소리를 많이 낮추고 있다 보니 주변 학생들은 여전히 자기들 식사에 전념하고 있었다.

"좋아해 주는 건 기쁘지만, 부응해 줄 수 없는 게 미안하긴 해. 거절할 수밖에 없으니까 죄책감도 들고."

아마네가 은근히 속을 앓는 일을, 유타는 말 그대로 헤아릴 수 없을 만큼 반복해 왔을 것이다. 그걸 주위에서 느끼지 않게 하려고 온화하게 행동하는 유타는 대체 얼마나 고생하는 걸까.

한 번밖에 없는 아마네조차 죄책감이 드니까, 유타는 더 엄청나겠지.

"정말로 카도와키는 평소에도 힘들 것 같아."

"힘들지 않다곤 말할 수 없지만, 뭐라고 할까…… 원래 그런 거라고 포기했다고 할까."

"즉, 마비된 건가."

"이걸 가지고 익숙해졌다고 단언하면 불쾌해질 사람이 있는 건 알지만, 고백받는 것 자체에는 익숙해졌어. 옛날부터 이랬으니까."

"유타는 인기가 많았으니까."

예전부터 같은 학군에 살았던 이츠키는 유타의 과거를 떠올린 듯 "옛날은 옛날대로 심했지, 어려서 감정 제어가 안 되니 더더욱."이라며 얼굴을 찡그리고 있다.

그건 진짜 엄청났겠군……이라고, 아마네도 상상만으로 속이 더부룩해질 것 같았다.

"너무 많이 거절하니까, 호의를 보여주는 아이 중에도 그걸 알면서 고백하는 아이도 있어. 일단 대외적인 이유와 본심을 반반쯤 섞어서 육상부 활동에 전념하고 싶다고 말하고 있고, 모두 납득해 주고는 있지만."

"본심은?"

"솔직히 말해서, 이 정도로 호감을 보여주면 좀 무섭다든가 괴롭다는 감정이 앞선다고 할까. 무리야."

"아……."

© Hanekoto
MILK

아무리 용모나 능력, 인격이 좋아도 그걸 꺼리는 사람은 있고, 뭔가 꼬투리만 잡히면 깎아내리려는 사람도 있다. 마히루를 보면서 지낸 아마네는 그 점을 잘 이해하고 있다. 그걸 겉으로 봐선 짐작할 수 없게 잘 처신하는 유타와 마히루가 얼마나 대단한지도.

"일단 지금으로선 누구와도 사귈 마음이 없다는 것으로 모두의 인식이 통일됐을 거야. 실제로 나도 육상부 활동으로 바쁘니까 말이지. 정말 그럴 여유가 없어."

"과연 에이스 겸 부장답다고 할까. 성실하네."

"아하하. 별로 대단한 사람은 아니지만."

겸손하게 말하지만, 유타가 하는 일은 아마네가 도저히 흉내낼 수 없다. 부장으로서 부원들을 통솔하면서 자기 자신도 단련하고, 대회에서 우수한 기록을 남긴다. 그러면서도 학업을 소홀히 하지 않는, 이상적인 모범생 코스를 달리는 남자다.

아마네는 경기 스포츠에 그다지 관심이 없다 보니 그게 얼마나 대단한지 진짜로 이해하는 건 아니지만, 적어도 신문 기사에 실린 적이 몇 번이나 있다는 정도는 알고 있다.

"저기, 지금은 아무도 사귀지 않는다는 거지?"

"응. 그렇지."

담담하게 고개를 끄덕인 유타에게, 아마네는 "그렇다면."이라며 염려하는 사실을 말한다.

"여름에 은퇴하면 몰려드는 거 아니야?"

육상부 활동에 집중하고 싶다. 그렇듯 유타는 아무에게도 상처를 주지 않는 방식으로 거절하고 있지만, 그건 뒤집어 말하면 내년, 육상부에서 은퇴한 다음 다시 한번 대시할 가능성이 있다는 것 아닐까.

유타는 사람이 좋아서 부드럽게 거부하는 것이 오히려 안 좋게 느껴지기도 한다. 실낱같은 희망일지라도 그걸 잡으려고 손을 뻗는 사람들이 나타날 것은 상상하기 어렵지 않다.

순식간에 미래를 상상한 듯 노골적으로 시선이 이리저리 맴도는 유타에게, 이츠키가 "이래저래 순진하네. 유타는."이라며 황당함과 연민이 섞인 평가를 내리고 있었다.

"아니, 정말 카도와키는 어쩔 생각일까 싶어서."

"으, 으음. 아마 아무도 안 사귀지 않을까? 지금은 그렇게 생각해."

역시 그 부분은 굽히지 않는 듯, 유타는 어색하게 웃으면서도 단호하게 잘라 말했다.

"아비규환의 지옥도가 떠오르는데."

"이것만은 양보할 수 없어. 나도 서로 좋아하는 사이끼리 사귀고 싶고, 경솔하게 결정할 수는 없으니까. 고백받은 사람 중에서 고른다는, 그런 실례되는 짓은 할 수 없어. 나 스스로 찾고 싶기도 하고."

"뭐, 유타라면 그렇겠지."

"게다가, 만약 내가 좋아하는 사람이 생겼다고 치자? 어쩌면 그 사람에게 악의가 쏠릴지도 모르니까. 그래서 애초에 경솔하게 겉으로 드러낼 수조차 없어."

작게 중얼거리고 씁쓸하게 눈꼬리를 내리고 웃는 유타의 말에, 아마네는 짚이는 게 있었다.

이 경우 아마네는 당하는 쪽이었지만, 인기가 너무 많은 마히루가 소중한 사람이라고 공언했을 때는 시비가 걸렸고, 사귀기 시작한 뒤로 모르는 사람들한테도 간섭을 당하거나, 직접 나쁜 소리를 듣기도 했다.

각오한 바이기도 해서 아마네는 신경 쓰지 않았지만, 마히루가 무척 신경을 써서 풀이 죽는 일도 있었다. 하지만 좋든 나쁘든 익숙해진 결과, 지금은 훌훌 털어버리고 웃는 얼굴로 견제나 압박을 가하러 가기도 했다.

서로가 결속을 강화하고 의연하게 대응한 결과, 지금은 당연한 것으로 인정받고, 다른 사람들도 '이젠 너희 마음대로 해라' 같은 느낌으로 보고 있다.

"사람은 무서우니까. 한 명 한 명은 평범한 사람이라도 말이지, 모이면 변해. 혼자서는 아무것도 행동에 옮기지 못해도, 모두가 하니까 나도 괜찮을 거라며 악의를 퍼붓는 사람도 있으니까. 만약 그런 일이 있어서 그 아이에게 무슨 일이라도 생기면, 난 미안해서 쳐다도 볼 수 없을 거야. 이츠키도 알잖아?"

"그렇지……."

이츠키도 짚이는 바가 있는 듯, 표정을 구기고 씁쓸한 표정을 지으며 고개를 끄덕여 보인다.

"'나 때문에' 같은 일이 생기길 바라지 않으니까, 내가 잘 대처할 수 있게 될 때까지는 그런 상대를 만들지 않을 것 같아."

"난 유타도 행복해지면 좋겠는데."

"기쁜 말을 해주네. 나도 나름대로 노력하려고 해."

"카도와키의 문제가 아닌 것 같지만."

"하지만 내가 바꿀 수 있는 건 나뿐이니까 어쩔 수 없어. 이럴 때 대처할 힘이 생기면 좋겠는데."

"힘을…… 원하는가……."

"원하는데, 이츠키가 줄 수 있어?"

"무리."

"이럴 때는 '주겠노라' 느낌으로 말하라고."

쾌활하게 웃으며 대꾸하는 유타가 풀이 죽거나 의기소침한 것 같지는 않아서 안도하며, 아마네도 유타를 따라 이츠키에게 "할 수 없는 말을 하는 게 아니야."라고 딴지를 걸어서 조금 어두워진 분위기를 환기하듯 웃어 보였다.

제3화 사랑의 형태는 사람마다 제각각

"좋은 밸런타인데이를 보냈느냐, 젊은이여."

아르바이트 근무를 시작하자마자, 미야모토가 실실 웃으며 그런 말을 건넸다.

아마네는 밸런타인데이 당일 근무를 넣지 않은 대신에 다음 날 보충으로 근무 시간을 꽉 채웠는데, 이런 식으로 놀림당할 것은 어렴풋이 예상했기에 뺨이 떨리는 것은 막을 수 있었다.

파트너가 있는 사람들은 대부분 근무를 쉬는 가운데 미야모토가 대신 근무를 넣어 준 덕분에 가게가 돌아가 고맙긴 하지만, 그것과는 별개로 놀림당하는 것은 사양하고 싶다.

"그게 무슨 캐릭터예요. 미야모토 선배도 젊잖아요."

"이제 고등학생의 싱싱한 젊음엔 당해낼 수 없으니까 말이지."

"아직 20대 초반인데 무슨 소리를……. 뭐, 밸런타인데이 자체는 만족스러운 시간을 보낼 수 있었다고 생각합니다."

주문이 있는지 확인하면서 작게 대답하자, 미야모토가 안심하는 표정이 시야 한구석에 들어온다.

오늘은 비교적 손님도 적은 듯하여 점원들도 조금 느긋하게 지낼 수 있어서 다행인데, 어제는 밸런타인데이라는 점도 있어 평소보다 붐볐던 모양이다.

아까 교대로 퇴근한 미나세가 탈의실에서 "어젠 장난 아니었어."라는 감상과 함께 약간 원망스러운 눈으로 봤다.

"그렇다면 다행이고. 밸런타인데이에 다툰다거나 하는 일이 그럭저럭 있으니까……."

"그건 친구들을 보면 잘 알겠지만, 말하는 걸 봐서는 선배의 실화인가요?"

경험이 배경에 깔린 듯 절실한 목소리는 왠지 모르게 애수를 자아낸다.

도대체 무슨 일이…… 하고 아까보다 늘어진 미야모토를 응시하고 있는데, 손님을 가게 밖까지 배웅하고 돌아온 오오하시가 와서 노골적으로 어깨를 으쓱했다.

"이런 놈이긴 해도, 다이치는 일단 인기 많은 타입이니까. 이런 놈이라도 말이야."

진짜 무례한 말이기는 하지만, 오래 알고 지낸 오오하시가 말하는 거니 인기가 많다는 것은 사실이리라.

미야모토가 발끈해서 이목구비를 중앙으로 모아 째려보지만, 오오하시는 딴청을 부리고 있다.

"이런 놈이 뭐야."

"얼굴은 괜찮은데 속은 변변하지 않고. 싸가지가 없잖아."

"나는 너 말고 그런 적 없어."

"평범하게 최악이걸랑요?"

"애초에 너부터 싸가지 없게 굴잖아?"

"그런 적 없거든요~. 말하는 꼬라지 봐. 그렇지? 후지미야 짱."

"코멘트를 거부하겠습니다."

"왜?!"

사실은 서로에겐 공격적이라고 할까 화풀이하듯 으르렁대는 거니까 도토리 키재기라고 말하고 싶지만, 이걸 말했다간 두고두고 심기가 불편해질 게 뻔하다.

미야모토도 오오하시도 선배로서 좋아는 하지만, 아마도 남녀의 감정 싸움으로 번질 지금 상황에서 끼어드는 짓은 도저히 할 수 없다.

오히려 나를 끌어들이지 말라고 말하고 싶다. 말할 수 없지만.

아무 일도 없었다는 듯 입술을 조개처럼 다물고 불똥이 튀지 않게끔 침묵하는 아마네의 태도를 유리하게 해석한 듯, 미야모토가 왠지 모르게 의기양양한 웃음을 띤다.

"거보라고. 후배한테도 그렇게 보인다는 거다."

"미야모토 선배도 멋대로 해석하지 마세요. 저는 선배들에게 할 말이 없어요. 그리고 목소리가 커지고 있으니 조용히 해주시죠."

조용조용 말다툼하고 있지만, 더 커지면 손님들이 있는 데까지 들릴 것이다. 아마네가 쉿 하고 입 앞에 검지를 세운다.

그것만으로 알아보기 쉽게 입을 다문 두 사람을 본 아마네는 냉정함이 남아있었다는 사실에 고마워하며 시선을 종업원 통

로 쪽으로 돌린다.

"선배들이 거리낌 없는 사이라는 건 알고 있지만, 여기선 잠시 자제해 주세요. 하실 거면 휴게실에서 마음껏 해주시죠. 오너가 몰래 관찰해도 저는 몰라요."

"아, 알았어. 미안해. 우리가 잘못했어. 반성할게."

후미카가 보는 앞에서 말다툼이라는 이름의 장난을 치는 것은 부담이 큰 듯 가장 먼저 사과한 미야모토에게, 아마네는 역시 전혀 진심으로 화낸 게 아니었다며 희미하게 웃는다.

오오하시 역시 여기서 말다툼할 생각은 없는 듯 어깨를 축 늘어뜨리고 차분한 척 "미안해."라고 말하니까, 아마네는 안도하면서 어깨를 으쓱했다.

"참고로 미야모토 선배는 오오하시 선배한테 뭘 받았나요?"

영업시간이 끝나고, 폐점 작업을 마쳐서 이제 옷을 갈아입고 집에 가자며 탈의실 문을 열었을 때, 아마네는 문득 생각난 것을 물어봤다.

아마네는 탈의실로 가던 중, 오오하시에게 하루 늦은 밸런타인데이 초콜릿을 받았다. 미야모토가 보는 앞에서 주는 바람에 한순간 간담이 서늘했지만, 받은 것이 10엔 동전 세 개 정도로 살 수 있는 장수 인기 초콜릿과 "지금 돈이 없어서 미안해!"라는 말이었기에 노골적으로 안도했다.

어제 미야모토와 오오하시는 출근했었고, 방금 치사하다며 투덜거린 미야모토에게 "너한텐 어제 줬잖아."라고 오오하시가 딴지를 걸었으므로, 미야모토의 손에 초콜릿이 간 것은 확정이다.

그렇다면 아마네를 무척이나 잘 놀려대는 미야모토는 정작 어땠는지가 궁금해진다.

초콜릿을 가방에 넣으며 아마네가 던진 질문에, 미야모토는 "쓸데없는 거나 떠올리고 말이야." 하고 투덜대지만, 진심으로 싫은 눈치가 아니라 말하기 참 난처한 기색을 보인다.

"걔는 낱개 포장된 초콜릿바를 던지더라."

"좋잖아요. 맛있고 조금 호화로운데요."

"보통 얼굴에 던지는 녀석이 있냐."

미야모토는 못마땅한 눈치인데, 아마네는 오오하시가 던지는 모습이 쉽게 상상이 되어서 그만 웃어버렸다. 그러자 미야모토가 눈을 부라렸다.

"너 말이야. 남 일이라고."

"하지만 싫지는 않은 거죠?"

"얼굴로 받는 건 싫어."

"받은 것 자체는요?"

"코멘트하지 않겠어."

"그런가요."

아마네도 근무 시작 직후에 그 말로 넘겼기에 따지지 못하고, 듣지 못해도 상관없고, 꼬치꼬치 물어볼 만큼 눈치가 없는 것도 아니라며 순순히 고개를 끄덕이고 앞치마를 갠다.

"귀여운 맛이 없네."

"새삼스럽게 뭘요."

도대체 언제부터 귀여운 맛이 있다고 생각했냐며 웃었더니 제법 큰 소리로 혀를 차서, 또 웃어버렸다.

상대의 반응에서 역시 오오하시에게 받았다는 사실이 기쁜 거라고 예상하고 훈훈해하며 블레이저를 걸치자, 미야모토는 투덜거리면서 넥타이를 대충 풀어 사물함에 던져 넣었다.

다만 동작에서 노여움은 느껴지지 않았으므로, 이제 슬슬 괜찮겠다 싶어 아마네는 다시 미야모토를 향해 돌아선다.

"선배에게 한 가지 물어보고 싶은 게 있는데요."

오늘, 아마네는 미야모토에게 묻고 싶은 것이 있었다.

"뭔데? 새삼스럽게."

아마네의 표정이 가벼운 대화를 나눌 때와 다른 것을 눈치챘는지, 미야모토도 옷매무새를 가다듬고 정면에 선다.

"오오하시 선배가 하는 말로 봐선, 미야모토 선배는 여자들에게 호감을 많이 받는 편이죠?"

"뭐야? 그렇게 안 보여?"

"말이 왜 그렇게 되는데요. 평범하게 인기가 많을 거라고 생각하거든요. 오오하시 선배를 대하는 태도를 남에게 보이지 않는다면 시원시원하고 남을 잘 챙겨주는 사람이니까요."

"그거 칭찬하는 거냐?"

"오오하시 선배를 대하는 태도는 칭찬하지 않았습니다."

"시끄러워."

이 사람은 오오하시와 엮인 일에만 솔직하지 않다고 새삼 실감하면서도, 그 말을 하고 싶었던 것은 아닐 거라며 미심쩍은 눈빛으로 보는 미야모토에게 작게 웃었다.

"그래서? 갑자기 뭔 소리를 하는 건데."

"저기, 가장 기본이 되는 전제 사항을 확정하고 넘어가도 될까요?"

"뭘?"

"미야모토 선배가, 오오하시 선배를, 같은 무언가 말이죠."

오늘 두 번째로 혀 차는 소리를 들었지만, 아마네는 주저하지 않고 계속한다.

"혀 차지 마세요. 저도 남에게 이런 소리 듣는 게 싫다는 건 아니까요."

"그래서……?"

"대답하기 어려운 거라면 안 해도 되는데요. 저기, 선배는 상대가 호감을 표현했을 때, 어떻게 했어요?"

거절한 경험만 따진다면 가까운 인물 중 유타가 가장 많겠지만, 가능하다면 유타나 이츠키에게는 상담하고 싶지 않았다.

미야모토는 퉁명하거나 거친 말을 쓰기도 하지만, 그래도 꽤 오래전부터 오오하시에게 연심을 품고 있다는 사실도 소우지에게서 슬쩍 들어서 알았기에, 아마네의 위치와 가장 가깝다고 생각한 것이다.

그런 미야모토에게, 묻고 싶었다.

미야모토는 갑작스러운 질문 자체를 웃어넘기지 않고, 그저 눈을 몇 번 깜빡이더니 숨을 천천히 내뱉었다.

"미안하다고 말하고 평범하게 거절했지……. 혹시 내가 좋아하지도 않는 여자랑 사귀는 남자라고 착각한 거냐?"

"그럴 리가요. 그래도 저기, 선배는 제가 보기에도 인기가 많을 것 같아서요. 그런 경험도 많을 것 같은데, 선배는 고민할까 싶어서요."

"뭐야, 후지미야, 고백받고 거절은 잘했는데 죄책감이 든다는 그거냐?"

무슨 말을 하고 싶은지, 미야모토는 짐작한 거겠지.

희미하게 쓴웃음을 짓고, 그 말이 적중한 바람에 굳은 아마네에게 "넌 성실하고 신경을 많이 쓰는 녀석이로군."이라고 눈꼬리를 내린다.

그 목소리에는 놀리는 기색이 보이지 않는다.

"뭐, 그게 네 장점이겠지만. 그나저나 지금까지 그런 일이 없었다는 게 의외랄까."

"그게, 저는 지금 여친과 만나기 전까진 다른 사람과 진짜 엮이려 하지 않을 정도로 음침했다 보니까, 호감을 사는 일은 없었으니까요. 그런 저를 바꾸고 지금 여친과 사귀기 시작한 뒤로는 제가 일편단심인 걸 주변에서 이해해 주니까…… 티가 많이 나기도 하고, 끼어드는 사람은 없었다고 할까요."

"아…… 후지미야가 뿅간 걸 보고 싶은데."

"보, 보여주고 싶지 않은데요……."

"그래서? 봐서는 그걸 알면서도 고백한 사람이 있어서 거절은 잘했지만, 역시 마음이 아프다는 거냐."

"그렇죠……."

"뭐, 거절하는 것 자체는 확정이었을 테니 어쩔 수 없지."

"그건 맞는 말이고, 받아들일 생각은 애초에 없었어요. 여친을 배신하는 거고, 저는 한 사람밖에 시야에 넣을 수 없으니까, 무슨 일이 있어도 받아들일 생각은 없었습니다."

이 점은 누가 언제 물어봐도 달라질 일이 없다.

아마네가 마히루 말고 다른 사람을 선택하지 않는 것은 누구나 아는 사실이며, 아마네 본인이 그렇게 단언할 만큼 마히루를 향한 마음은 강인하다. 설령 아마네가 보는 앞에서 울더라도 타인을 선택할 일은 절대로 없다.

다만 거절하고 상처를 주었다는 자책감이 있다. 아마네가 선택한 결과니까 고백은 받아들일 수 없어도 아픔은 각오하고 있었다.

토해내고 싶어도 경솔하게 그럴 수 없는 가슴속 응어리와 아픔을 어떻게 해소할지 생각한 끝에 인생 선배를 의지한 건데, 미야모토는 눈을 가늘게 뜨고 한 번 짧게 숨을 내뱉었다.

"그렇다면 거기서 생각을 멈춰야지. 그때 죄책감이 생기는 건 어쩔 수 없지만, 자꾸 마음에 담아두지 않는 게 좋을걸."

산뜻하게, 매끄러우면서도 예리한 말이 공기를 흔들었다.

"난 주변의 연애 사정을 제법 많이 지켜본 인간인데 말이야. 내 경험상 너 같은 타입을 좋아할 아이는 세세한 부분까지 잘 알아채고, 섬세해 보이는 착한 아이일 거다. 가벼운 교제가 아니라, 진지한 교제를 원하는 타입이지. 뭐, 멋대로 그렇게 가정한 거긴 한데, 맞지?"

"맞습니다……."

"내가 멋대로 상상하는 거지만, 그런 아이는 네가 죄책감에 시달리면 '내 탓' 이라고 생각하지 않을까? 네가 거절한 것에 죄책감이 생기는 것처럼, 상대도 '내가 고백하는 바람에' 라고 말이야."

"그건."

"받아들일 마음이 없다는 건 확고하다며? 자꾸 신경 쓰면 그 아이한테도, 네 여친한테도 나쁘다고."

"네……."

"이렇게 말하긴 뭐하지만, 거절한 사람이 자꾸 그러면 아무리 시간이 지나도 상대가 앞으로 나아갈 수 없어. 상대가 자기 마음을 정리하기 위해서라도 말이야. 네 다정함이 집착이 되기 전에 단념하는 게 좋아. 다정함도 때로는 예리한 비수가 되는 법이지."

그 말대로 다정함에서 나온 미야모토의 말은 일종의 비수가 되어 응어리가 진 아마네의 가슴속을 후비고 있다. 다만 그것이 아마네의 응어리를 짜내기 위한 것이라는 사실도, 아마네는 알고 있다.

아마네가 무의식중에 다른 사람을 상처 입힌 다정함과는 완전히 다른 것이다.

입술을 꽉 깨물자 은은하게 비릿한 맛이 입안에 퍼졌지만, 이런 건 남에게 준 고통에 비하면 아무것도 아니라며 집어삼킨다.

"자책하라고는 안 했거든? 지금부터라도 되돌아보고 생각하면 된다는 거야. 너는 그런 구석이 자신에게 다정하지 않단 말이지."

"두 번에 걸쳐 상대에게 상처를 준 걸 통감했을 뿐이에요."

"푸하! 넌 그게 문제라니까!"

정돈된 머리가 흐트러지는 것도 신경 쓰지 않고 손가락으로 벅벅 긁어댄 미야모토는 대놓고 한숨을 푹 쉬었다.

"연애란 잘 풀리는 일이 더 드무니까, 어쩔 수 없는 거라고 딱 끊어서 생각하는 거야. 누군가의 행복이 누군가의 불행으로 이어지는 일은 흔하니까 말이지. 어느 정도 허용과 체념은 할 줄 알아야지. 여태까지 살았으면 자기 뜻대로 일이 풀리는 일이 드물다는 건 대체로 알 거잖아."

"미야모토 선배는 그런 부분에서 잘 맺고 끊을 거 같네요."

"난 너만큼 다정하지 않고, 남한테 관심도 별로 없으니까. 거기까지 신경을 써 줄 수 없고, 상대의 인생에 책임질 생각이 없다면 거절한 뒤에 신경 끄는 게 좋잖아. 어설프게 기대하게 하고 싶진 않고, 어디까지나 타인이야. 타협해야지."

아마네에게 없는 의식 전환 방식은 본받아야 할 점이리라.

아마네는 박애주의자가 아니다. 친하지 않은 타인보다 자신과 가까운 사람을 우선하고, 구분해서 생각할 수도 있다.

다만 자신에게 여유가 없을 때, 어찌할 수 없을 때, 냉혹하게 자신이나 가까운 사람들과 타인을 구분하는 것을…… 소중한 사람들의 바깥으로 내모는 것을 주저하고 만다. 자신과 관계없는 곳에서 사는 사람이라고 구별하는 판단이 좀처럼 되지 않는다.

그렇듯 어중간한 다정함이 오히려 타인에게 상처를 줄 수 있다는 것은 이번 일로 잘 알았다.

알았다고 해서 곧바로 전환할 수 있을 만큼 결단력이 좋지는 않지만, 그래도 최종적으로 아무에게도 도움이 안 된다는 점을 강하게 의식하고, 고개를 끄덕였다.

"그리고 나는 제법 단념하는 것에 익숙해질 수밖에 없다고 할까. 애초에 걔는 상대가 자꾸 바뀌니까 일일이 신경 쓸 수도 없고."

마지막에 푸념 같은 말이 보태지는 바람에 아마네는 눈을 동그랗게 뜬 후 미야모토를 응시했다. 미야모토는 멋쩍은 얼굴을 하고 있었다.

"마지막엔 내 옆에 있으면 된다는 정도의 마음이야, 정말."

"사랑이네요."

"시끄러워."

미야모토 역시 지금까지 쭉 오오하시를 지켜보면서 피눈물을 삼킨 적도 있었으리라.

그럼에도 변함없는 마음으로 있는 그 모습이 눈부셔서, 아마네는 눈을 가늘게 뜨고 입가에 미소를 띠었다.

제4화 보답을 고민하는 청춘들

밸런타인데이가 지난 다음에는 2월 말의 학년말 고사가 떡하니 기다리고 있다. 들뜬 분위기도 며칠이 지나자 무거운 분위기로 싹 바뀌고, 학생들도 각자 1년간의 집대성을 향한 준비에 전념하게 되었다.

코니시와의 관계는 변함이 없어서, 정말로 평소와 다름없는 태도를 주의 깊게 의식하며 대하고 있다. 코니시도 그걸 눈치챘는지 아무 일 없었다는 듯 행동해서 다른 학생들에게 발각되는 일은 없었다.

코니시가 보는 눈빛도 아픔을 동반한 것이 아니라 차분한 느낌이 되어서, 필시 천천히 앞으로 나아가고 있는 거겠지. 그런 기분이 들었다.

아마네 역시 아픔을 천천히 삼키고 예전처럼 되도록 마음을 조용히 다스리고 있다.

"후지미야, 잠깐 괜찮아?"

"응?"

시험 전이라 아르바이트를 쉬는 오늘은 서점에 들러 참고서와

여분의 노트를 살 예정이어서 방과 후 마히루와 따로 행동하고 있었는데, 교실에서 나갈 준비를 하고 있자니 갑자기 같은 반 아이가 말을 걸었다.

예전의 아마네라면 생각할 수 없는 일이지만, 이렇게 마히루와 사귄 뒤로는 같은 반 아이들과 어느 정도 이야기를 나누게 되었다.

그렇다고 이렇다 할 교류가 있는 것도 아니다. 뭔가 일이 있으면 평범하게 대화도 하고 잡담도 하지만, 굳이 적극적으로 말을 걸지는 않는 정도의 사이다.

상대가 먼저 말을 걸었으니까 뭔가 볼일이 있는 걸까? 그렇듯 속으로 당황하고 있는데, 그 학생은 왠지 애원하는 듯한 눈빛으로 아마네를 봤다.

"타치카와, 무슨 일이야?"

"저기 말이야. 지난주 수업 노트를 복사해도 될까?"

무슨 부탁이 튀어나올까 했는데, 별로 대수롭지 않은 것이었다.

남이 봐도 문제없도록, 그리고 자신이 정리하기 위해서. 아마네 자신의 기준이기는 하지만, 노트 필기는 깨끗하게 했다.

남에게 보여줘도 문제는 없고 노트를 빌려주는 것 자체는 딱히 상관없지만, 아마네가 생각하는 타치카와는 굳이 따지자면 성실한 성격이라고 생각했기에 필기하지 않았다는 것이 의외였다.

그런 아마네의 의문을 감지했는지, 타치카와의 눈썹이 축 처진다.

"요전번 것만 있으면 돼. 난 독감으로 쉬었거든. 다른 애들한테 부탁하려고 했는데, 걔들은 제대로 필기 안 했다고 해서."

"아, 학교 쉬었었지. 괜찮지만, 왜 나야?"

"지금 여기 있는 애들 중에서 편하게 말 걸 수 있고, 성실하게 필기했을 것 같고, 게다가 후지미야는 머리 좋잖아."

확실히 지금 교실에 남은 사람은 아마네와 이츠키, 그리고 몇몇 여학생과 타치카와의 친구들 정도. 마히루는 치토세와 일대일 공부 모임을 한다며 아마네와 따로 행동하고 있다.

동성과 이성이라면 동성에게 부탁하는, 적극적으로 여자에게 말을 걸려고 하지 않는 타치카와가 선택한다면 필연적으로 아마네와 이츠키로 좁혀지는 것이다.

결정타는 성적이었을 것이다.

단순히 접근하기 쉬운 정도라면 확실히 이츠키에게 승산이 있으니 납득할 만한 인선이다.

"칭찬해 주는 건 고맙지만, 나라도 괜찮겠어?"

"후지미야면 돼. 시라카와도 잘 도와주는 거 같고, 시험에 나올 곳도 잘 메모했을 것 같아서 말이야. 지금 여기에 시이나 양이 있다고 해도 도저히 부탁할 수 없달까, 후지미야한테도 뭔가 미안하고……."

딱히 마히루와 접촉하는 것에 질투하거나 할 생각은 없으니까 마히루가 괜찮다면 상관없지 않나? 아마네는 그렇게 생각하지만, 지금 여기에 없는 사람을 언급해도 의미가 없으므로 타치카와가 아마네의 노트로 괜찮다면 거절하지 않는다.

"보답은 할게. 부탁해!"

"딱히 보답은 안 해도 되지만……. 자, 여기."

너무 필사적으로 부탁하는 것은 시험이 임박해서 시간이 없기 때문이겠지.

애타게 할 마음은 없어서 가방에서 바인더를 꺼내 바인더째 건네자, 타치카와의 표정이 순식간에 밝아진다.

"진짜 고마워! 바로 복사하고 올게!"

"잘 다녀와."

기다리게 하는 것이 미안한지 바인더를 끌어안고 교실에서 뛰쳐나간 타치카와를 뒤에서 지켜보고 기운이 넘친다며 웃는 아마네에게, 집에 갈 준비를 마친 듯한 이츠키가 성큼성큼 다가온다.

"무슨 일 있어?"

"타치카와가 노트 복사를 부탁해서 줬을 뿐이야. 1층 복사기 있는 데로 갔을 테니까 금방 돌아오겠지."

"그렇군. 아마네 널 택한 이유는 알겠다. 넌 이래저래 그런 부분은 꼼꼼하니까 말이야."

"다른 부분은 엉성하다는 식으로 말하네."

"시이나 양이랑 친해지기 전까지 방이 난장판이었잖아."

"그건 그거고, 이건 이거야."

"아, 그러세요."

지금은 생각할 수 없고, 생각하고 싶지도 않은 일이지만, 마히루와 만난 당시 아마네의 방은 혼돈 그 자체였다.

음식물 쓰레기는 확실히 처리했고 벌레가 꼬일 정도로 더럽진 않았지만, 물건이 여기저기 널브러져서 발 디딜 틈이 없던 방이었다는 것은 인정한다.

사실 마히루보다 이츠키가 난잡한 아마네의 방을 더 많이 봤다 보니 이츠키가 말하면 도저히 부정할 수 없다. 일단 이츠키가 올 때만 눈에 안 띄는 곳에 치워서 정리한 척했지만, 그걸 감안하고도 난장판이었으니 그 점에 관해서는 반론할 여지가 없었다.

(지금은 잘 치우고 사니까.)

마히루가 청소와 정리 정돈을 지도한 이후로, 아마네의 집은 정리 정돈된 청결 공간을 유지하고 있다.

자발적 정리와 청소를 유념하고 있어서 마히루가 빈번하게 지적하는 사태에는 이르지 않았다.

"뭐, 아마네 넌 필기도 제법 깨끗하게 하고, 잘 요약해서 군더더기 없이 쓰니까 보기 편하다는 소문이 난 거야."

"그런 평가를 받는 건 기쁘지만, 왜 소문이 난 건데?"

"치이한테 노트 보여주는 걸 꽤 많이 봤으니까. 시이나 양도 칭찬하잖아. 그러니까 그렇구나 하고 인식되는 것 같아."

"나야 상관없지만. 그러고 보니 치토세는 공부 괜찮아? 벌써 학년말 고사가 다가왔는데. 그거 범위가 1년 전체라서 넓잖아."

"비명을 지르고 있지."

"그렇겠지."

연말연시의 이츠키 가출 사건을 겪으며 두 사람 모두 심경의 변화가 있었을 터. 최근에는 매우 성실하게 임하고는 있지만, 그 이전 수업의 학습 상태는 좋지 않다.

당연하지만, 건성으로 넘겼던 것을 처음부터 다시 배우는 중이며, 범위도 방대하다.

마음을 다잡고 부지런해졌다고 해서 쉽게 익힐 수 있다면 아무도 고생하지 않으리라.

이츠키는 이러니저러니 해도 적절한 선을 잘 파악하고 살아서, 이럴 때 치토세만큼 고심하는 모습은 보이지 않는다.

"뭐, 오늘은 시이나 양과 같이 꼼꼼하게 공부할 예정이니까."

"말했었지. 그래서 오늘은 귀가도 따로 하고……. 마히루는 둘이 있을 때 더 스파르타 스타일이니까, 부디 힘내길 바란다."

"으음. 메시지로 징징댈 것 같아."

도망치진 않아도 징징대긴 할 테니, 이츠키에게 울며 매달리는 것은 예상할 수 있다. 평소라면 마히루에게 울며 매달리지만, 그 마히루가 지금 치토세를 울릴 차례니까 남자친구에게 매달릴 것이다.

"아마네는 오늘 알바 없지?"

"안 그러면 교실에 있지도 않았을 거야. 돌아가는 길에 서점에 들르려고."

아르바이트 근무가 없는 날은 보통 마히루와 함께 귀가해서 공부하거나 남겨뒀던 집안일을 끝내고 있지만, 항상 마히루와 함께 있는 것은 아니다. 서로 교우 관계나 하고 싶은 일이 있으니 그 부분은 구속하지 않으려 한다.

오늘은 마히루가 치토세와 공부하겠다고 했으니, 그렇다면 아마네도 해두고 싶었던 일을 끝내기로 했다.

"그러면 나도 따라갈게. 3학년 범위 책을 슬슬 사고 싶어서."

"와도 상관없지만, 너도 참 성실해졌네."

"그야 언제까지고 도망칠 수는 없고, 결심했으니까."

"그거 잘됐네."

그 이후로 싹 털어버린 이츠키의 변화는 눈이 휘둥그레질 정도였고, 진지하게 공부에 임하는 모습은 같은 반 아이들도 감화될 정도다.

그 덕분인지, 아마네의 반은 원래부터 성실하다고 평가받던 아마네의 반은 교사들 사이에서 평가가 이전보다 좋아졌다. 세상일은 뭐가 어떻게 굴러갈지 모른다고 절실히 느꼈다.

"저기, 후지미야. 덕분에 살았어!"

그러는 사이 타치카와가 초특급으로 복사를 끝내고 뛰어왔다. 아마네는 환하게 웃는 타치카와에게서 바인더를 받았다.

"그리고 미안해!"

"왜 나한테 사과하는데?"

"어? 아니, 말한 범위보다 많이 복사해서…… 미안."

"아…… 그런 거야? 됐어, 그 정도는."

복사비는 타치카와가 부담하니 아마네가 딱히 손해를 보는 것도 아니고, 내용물을 쓱 훑어봐도 파손이나 오염은 보이지 않으므로, 아마네가 개인적으로 뭐라고 할 말은 없을 것이다.

오히려 솔직하게 털어놓아 줘서 흐뭇하다. 말하지 않으면 몰랐을 텐데도 굳이 아마네에게 알려서 사과하니까, 타치카와의 사람 됨됨이를 이해할 수 있다.

"정말 고마워. 이 은혜는 반드시……!"

"아니, 괜찮으니까 신경 쓰지 마. 내가 뭔가 부담한 것도 아니니까."

"그래도 말이야."

"됐어, 됐어. 아, 가장자리의 메모란에 빨간 글씨로 필기한 건 선생님이 시험에 낸다고 말했던 부분이니까, 복습할 때 그 부분을 중점적으로 외워두는 게 좋을지도 몰라. 작년과 재작년에도 냈다고 하더라고."

"감사합니다!"

"어? 나도 보여줘, 보여줘."

"넌 수업 때 멀쩡하게 들었잖아."

"내가 필기한 노트랑 차이를 보고 싶단 말이야."

"어쩔 수 없군. 옛다."

"왜 타치카와한테는 다정하면서 나한테만 엄격해! 너무해!"

"피치 못할 사정으로 쉬었고, 게다가 정중하게 부탁한 사람을 박대할 리가 없잖아."

어쩔 수 없는 사정으로 쉬어서 필기하지 못한 사람과 호기심에서 조르는 사람을 대하는 태도가 다른 건 당연한 일이리라.

우는 시늉을 하는 이츠키를 본 타치카와가 낄낄 웃는 것을 보고, 아마네도 두 사람에게 동조하며 표정을 부드럽게 풀었다.

"세상 참 빨리 변하네. 밸런타인데이가 끝났다 싶더니 화이트데이 특집 시작했어."

아마네는 타치카와와 헤어져 이츠키와 함께 서점이 있는 쇼핑몰로 발걸음을 옮겼는데, 그 내부는 지난번에 왔을 때와 장식이 완전히 달라져 있었다.

그렇긴 해도 이 쇼핑몰은 장식이 비슷하고, 그저 홍보 문구가 화이트데이에 관련이 됐을 뿐이다.

행사장의 쇼케이스도 나와 있는 상태로, 내용물이 초콜릿 메인에서 다른 과자들이 섞이기 시작했다는 식이다.

크리스마스에서 신년으로 넘어갈 때는 상당히 대대적인 변경이었으므로, 이번에는 제법 에너지 절약형 변경이다.

서점에서 찾던 물건을 신중히 골라 산 아마네와 이츠키가 겸사겸사 돌아다니고 있는데, 식품 관련 매장에서는 화이트데이 문구가 들어간 것을 자주 볼 수 있었다.

"*히나마츠리를 잊지 말아 줬으면 좋겠네."

"현대에서는 전통 행사보다 기업의 마케팅 전략이 더 우선인 거겠지."

"뭐, 기업은 큰돈이 움직이는 게 고맙겠지. 맛있는 걸 먹을 수 있다는 점에선 우리도 고마워해야겠지만."

"그건 받을 수 있는 사람의 발언?"

---

* 히나마츠리 : 여자아이가 건강하게 자라길 기원하는 일본의 전통 행사. 양력 3월 3일.

"아니, 딱히 그냥 자기가 사는 사람도 있겠지……."

거기서 놀려도 아마네는 곤란하다. 최근에는 초콜릿 축제라는 이름으로 행사장에 유명 가게들이 상품을 내놓고 있고, 그걸 즐거워하는 손님도 해마다 늘고 있는 모양이다.

그것이 경영 전략임을 다 알면서 그 흐름에 편승하는 사람도 많으므로, 아마네로서는 딱히 가타부타 따질 일이 없다. 애초에 혜택을 보는 사람이 이러쿵저러쿵 말할 수도 없다.

지금 진열된 화이트데이 특집에는 작년의 아마네도 신세를 졌으니까 더더욱.

"화이트데이라……."

밸런타인데이에 받은 사람이 마음과 물건으로 보답하는 날.

"유타가 매년 진짜 난감해하는 이벤트지."

"지출이 심하겠네."

"심하겠지. 그런데도 꼼꼼하게 보답하는 걸 보면 대단해, 그 녀석은."

동급생 다수가 유타를 부러워하지만, 아마네는 도저히 그럴 수 없었다.

여자에게 인기 많은 것만 따진다면 남자가 봤을 때 부러울지도 모른다. 하지만 아무리 생각해도 다툼이 벌어질 것이 눈에 훤하고, 우유부단하게 있으면 화살이 본인에게 향한다.

처신을 조심하지 않으면 순식간에 배척당할 듯한 위치에는 서기 싫다. 유타가 한 이야기를 들었으니 더더욱 그렇다.

그만큼 밸런타인데이 초콜릿을 많이 받으면 소비는커녕 집에 가져가는 것조차 큰일이다. 아니, 아마네는 실제로 고생하는 것을 봤고, 심지어 이츠키는 거들기도 했다.

게다가 그걸 소비해야 한다. 유타의 성격상 폐기하는 일은 있을 수 없으므로, 전부 먹으려면 칼로리나 영양 관리가 필수다.

더욱이 초콜릿을 준 사람의 이름까지 기억해 보답을 준비한다고 하니까, 그 노력을 생각하면 유타처럼 되고 싶다는 말은 함부로 안 하고, 할 수도 없다.

"정말 이런 부분이 꼼꼼하다는 걸 알 수 있어. 대단해, 정말."

"중학생 때부터 그 부분은 철저했으니까."

"곰곰이 생각해 보니 교칙은 어디로 갔을까."

"밸런타인데이와 화이트데이만 묵인했던 것 같아. 학생들의 압박이 대단했으니까. 예전에 단속하려고 했을 때는 엄청 야유했다고 하고."

"그럴 때만 단결력을 보이는 거냐."

"여자들 힘이 진짜 무섭지. 그나저나 아마네 넌 화이트데이 어떻게 할 거야?"

"그렇단 말이지. 화이트데이 선물 고르기가 제일 난감해. 센스와 평소의 관찰력이 필요하거든."

그리고 보답으로 뭘 줄지 난처한 건 아마네도 마찬가지다.

유타와 달리 기본적으로 의리 초콜릿이라 그나마 낫지만, 문제는 마히루에게 줄 선물이다.

작년에는 가게 점원과 이야기한 결과 팔찌와 '뭐든지 들어주는 티켓' 3장 세트였는데, 올해는 뭘 줄지 고민하고 있다.

작년에는 사귀는 사이가 아니었고, 명확한 연애 감정을 자각하지 못했지만, 올해는 다르다.

올해의 전제 조건은 여자친구에게 준다는 것이다.

일단 짚이는 것은 있지만, 그래도 고민되는 것은 고민되는 법이다.

"시이나 양 것도 그렇지만, 올해의 넌 복에 겨워서 보답할 일이 많아졌으니까 말이지."

"마히루 말고는 기본적으로 의리야."

"기본적으로, 말이지……."

"코멘트는 안 하겠어."

"뭐, 사생활은 캐묻지 않을게. 너무 끈질기게 굴면 화낼 거고."

이츠키는 아마네가 절대로 침범당하고 싶지 않은 부분을 정확하게 간파해서 회피하므로, 그런 점에서는 신용할 수 있는 남자다. 반대로 괜찮은 부분에서는 탭댄스를 출 기세로 파고들지만.

"알면 평소부터 철저히 하라고, 진짜."

"냐하하."

"그건 얼버무릴 때 웃는 소리잖아."

"그건 그렇다 치고."

"야, 잠깐."

예전의 그 고백에 관해서는 코니시의 심정도 생각해서 아마네가 이츠키에게 말한 게 없지만, 왠지 모르게 눈치챘을 것 같다는 점이 이츠키의 무서운 점이다.

“적당히 괜찮은 과자를 포장해서 주는 정도가 무난하지 않을까? 상대도 의리 초콜릿일 거니까 사라지는 물건이 무난하겠지. 나도 반 여자애들한테 받은 게 있지만, 금방 사라지는 걸로 보답할 거야.”

“사라지는 물건 중에서도 조금은 오래가는 것이 무난할까. 먹을 거라면 최악의 경우 처분할 수도 있고…… 참고로 치토세는 뭔가 갖고 싶은 거 있어? 좋든 나쁘든 공을 들였으니까 그만큼 보답하고 싶은데.”

“여러 의미로 공들인 것 같으니까, 그거.”

“걔는 왜 나한테 치는 장난에 진심인 건데…….”

쓸데없는 데 공을 들인다고 솔직히 말하고 싶지만, 치토세 나름대로 생각한 결과일 것이다. 작년 일을 생각하면 치토세가 생각하는 ‘당첨’ 말고는 멀쩡하게 맛있을 거고, 마히루도 보증한 바가 있다.

어설픈 수제 초콜릿보다 훨씬 마음과 수고가 들어갔으니, 그 열량은 보답으로 줄 물건에 반영해 두려고 한다.

“아…… 네 반응이 재미있는 것과 공부로 쌓인 스트레스 해소, 취미가 섞였을걸. 치이 본인은 그걸 맛있게 먹고 있고.”

“그야 기본적으론 맛있겠지, 기본적으론. 위험한 게 몇 개 섞여서 내 혀에 대미지를 주려고 할 뿐이지. 뭐, 맛있게 먹긴 할 거야.”

“시이나 양 걸로 입가심할 테니까.”

“시끄러워. 그래서? 치토세가 원하는 건 없어?”

"공부할 의욕이려나."

"그건 본인이 알아서 찾아내라고 해."

새해부터 성실하게 공부에 매진하고 있다고는 해도 마음이 하기 싫은 쪽으로 기우는 건 어쩔 수 없는 일이다. 그런데도 하고 있으니까 장하지만.

"원하는 것이나 좋아하는 물건이 없다면 치토세가 좋아하는 파티세리 과자 세트로 괜찮을까. 공부하는 데도 당분이 필요할 테고."

"그걸 치이가 들으면 꺼이꺼이 울겠네."

"공부를 생각하고 싶지 않다는 의미잖아."

"하하하. 아니, 잘 노력하고 있대도."

"그건 알아……. 적어도 의욕적으로 임하고 있는 건 알고 있어. 너도 말이지."

"뭐, 이 시기가 되면 누구나 그럴 것 같지만."

"그래도 잘 노력하고 있으니까 대단하다고 생각해."

한번 결정하면 끝까지 해내는 것이 이츠키라는 남자다.

자기 아버지에게 감정이 있을지언정 본때를 보여주기 위해서라도. 협상하기 위한 위치에 가기 위해서라도. 진지하게 임하는 그 모습을 보면 아마네도 정신이 바짝 든다.

"뭐야, 갑자기 푸근하게 굴지 마, 부끄럽게……. 그래서? 가장 중요한 시이나 양한텐 뭘 줄 건데?"

"아, 그거 말인데. 지금까지 생일이나 크리스마스로 알겠지만, 마히루는 뭘 원한다고 말하지 않아."

"물욕이 없어 보이긴 하더라."

이츠키의 말대로, 마히루에게는 알기 쉬운 물욕이 없다.

완전히 없는 건 아니지만, 집착하지 않는다고 말하는 게 좋을까.

마히루에게 있어서 원하는 것과 필요한 것은 동일하지 않은 듯하여, 필요한 거라면 주저하지 않고 사지만, 원하는 것이 되면 본인이 원하는 것이 뭔지 고민할 정도로 물욕이 없다.

남자친구가 봤을 때, 선물을 고르는 것이 생판 남보다도 어려운 타입이다.

"물건 자체보다 내가 '마히루가 기뻐할까?' 하고 생각해 준 것에 기쁨을 찾는 타입 같아. 아니, 물건 자체도 기뻐하긴 하지만, 고르는 데 들인 시간이나 마음이 더 소중한 느낌?"

"무슨 말인진 알겠어. 아니, 애초에 너도 시이나 양한테 받을 때 대충 그렇잖아. 원래부터 너도 물욕이 별로 없으니까."

"시끄러워."

"서로 닮은꼴이네."

딱히 아마네가 물욕이 없는 건 아니지만, 아마네는 형태가 있는 것보다는 맛있는 밥, 깨끗한 방, 평온한 시간 같은 지금의 일상이 계속되는 것에 눈길이 가는 인간이므로, 물건 자체는 그다지 원하지 않는다.

아마 마히루도 비슷한 기질이니 닮은꼴이라고 하면 부정하지 않겠지만, 놀리는 듯한 목소리를 듣고 있으면 짜증이 나므로 한 번 째려본다.

알기는 했지만 전혀 효과가 없는 듯한 이츠키에게 대놓고 한숨을 푹 쉬고, 팔꿈치로 툭 쳤다.

"그래서? 뭔가 아이디어는 있어?"

"아이디어랄까, 이렇게 하면 기뻐하겠지 싶은 건 하나 있어."

"흠흠."

"내가 일하는 데 부르는 걸, 기뻐할 것 같아."

마히루가 기뻐할 만한 것으로 떠오르는 것은, 아마네의 일하는 모습을 보여주는 것이다.

아마네가 아직 안 된다고 말하고 있어서 순순히 물러나 주고 있다. 그래도 본인은 가고 싶어서 몸이 근질근질한 눈치고, 참지 못하고 아마네의 아르바이트 유니폼 차림을 요구할 정도다.

그렇게까지 보고 싶은지 아마네로선 의문이지만, 만약 마히루가 똑같이 일하면 보러 가고 싶어질 것 같으니까 그 욕구 자체는 부정하지 않았다.

(그래도 너무 안절부절못하긴 하지만.)

그렇게까지 알기 쉽게 기대와 애정을 표현하면, 부응할 만큼 잘 일할 수 있을지 불안해진다.

그런고로 익숙해질 때까지 기다려 달라고 했는데, 마히루는 이제 슬슬 기다리다 지쳐 진이 다 빠질 것 같다. 그래서 이번 기회에 초대하는 것이 좋지 않을까, 하고 생각한 것이다.

"오히려 아직도 안 불렀냐 하는 마음인데, 나는."

"바, 바빴고 아직 익숙하지도 않았어……. 그리고 그냥 부끄럽달까. 일하는 곳의 유니폼을 입거나 손님에게 응대하는 건,

이상한 표정이나 잠에서 깬 직후를 보여주는 것보다 더 부끄럽지 않아?"

"잠에서 깬 직후를 보는 일이 자주 있다는 거군."

"닥쳐."

"부정은 안 하네."

"집에서 자고 가는 일 정도는 있잖아. 네가 상상하는 그런 일은 없지만."

이츠키가 더욱 히죽거리기 시작해서 다시 한번 팔꿈치를 쿡 찌르며 낮은 목소리를 낸다.

아마네의 집에서 자고 가는 일은, 빈도는 적어도 정기적으로 있다.

이츠키가 억측하는 그건 마히루와 한 약속, 아니 아마네가 한 맹세가 있어서 있을 수 없는 일이다. 하지만 그걸 이츠키가 믿을지 말지는 또 다른 문제다.

(이 녀석은 나를 너무 좋아해서 손도 못 대는 겁쟁이로 보는 것 같지만.)

겁쟁이가 아니다. 절대로.

겁쟁이라면 마히루의 몸을 만지지도 않을 거고, 맹세를 깨지 않을 정도로만 사랑을 나누는 짓도 하지 않는다.

다만 그걸 말할 마음은 도저히 들지 않기에, 차가운 눈으로 슬쩍 보기만 했다.

"아, 네, 알았어, 알았습니다. 부끄럼쟁이네. 그래서? 이젠 슬슬 보여줘도 될 만큼 익숙해졌다는 거야?"

"그야 넉 달이나 됐으니까, 혼자 잘 일한다고 단언할 순 없어도 어느 정도 익숙해져서 남들에게 보여줄 정도는 됐어……. 마히루도 기다리다 지쳤을 테고."

"그야 시이나 양은 네 일이라면 뭐든 달려들 테니까. 사랑받고 있구만요."

"나도 알아. 고마운 일이지."

마히루가 몸과 마음을 다 바쳐 사랑해 준다는 것은 당사자인 아마네가 가장 뼈저리게 느끼고 있다. 좋아한다는 말만이 아니라 눈빛이나 태도, 몸짓 하나에서도 느낄 수 있을 정도로.

좋아하기에 아마네의 의견이나 마음을 존중해 주는 마히루에게는 고개를 들 수 없고, 아마네도 참아 주는 마히루의 배려에 보답하고 싶다.

여자친구가 기뻐해 준다면 조금 부끄럽더라도 앞을 똑바로 보고 훌륭하게 일하는 모습을 보여주고 싶다. 그렇게 강한 충동이 마음에서 저절로 생긴다.

마히루를 위해서 한다는 말은 주제넘지만, 마히루를 웃게 할 수 있다면 아마네는 뭐든지 할 수 있을 것 같았다.

"그렇게 솔직하게 받아들일 수 있게 된 게 아마네의 가장 큰 변화지."

"비굴하다, 비굴하다며 꾸짖는 사람이 있으니까."

예전의 아마네는 비굴하다는 말을 지겹게 듣고 살았다.

부모님에게도 들은 적이 있지만, 가장 큰 영향을 준 것은 눈앞에 있는 절친과 가장 사랑하는 사람이리라. 지겹도록 소극적이고 부정적인 아마네를 뒤에서 걷어차고, 응원해 주었다.

지금도 자신을 비하하는 버릇을 완전히 고쳤다고 여기지 않지만, 노력한 덕분에 자신감이 생겼고, 앞을 똑바로 보면서 자신의 위치를 가늠할 수 있다.

생각해 보면 예전의 아마네는 음침하고 비굴한 아싸였다고 감개무량해진다, 그렇게 느낄 정도로는 변할 수 있었다.

"최소 세 사람은 꾸짖고 있지."

"그때는 고마웠어."

"아니아니, 천만에."

무척 억지스러운 응원도 있었지만, 그 덕분에 아마네가 지금의 자신이 될 수 있었으니 고마울 따름이다.

그것과는 별개로 진짜 걷어차인 적이 있으므로, 언젠가 이츠키가 우물쭈물하면 걷어차 주자고 마음속으로 맹세하고 있다. 그 연말연시 때 한 번 걷어차 줄 걸 그랬다고 생각하면서도, 이제는 그럴 기회가 오지 않을 것 같은 기분이 들었다.

"아무튼 지금 내가 생각할 수 있는 중에서 가장 기뻐할 만한 선물이 이거야. 보답이 될지는 모르겠지만 말이야."

"괜찮지 않아? 아마네 네가 그러고 싶다면 그게 가장 좋을 거라고 시이나 양도 생각할 것 같은데."

"그러면 좋겠는데……."

"왜 갑자기 자신감이 없어지는데. 아까는 있었잖아."

"아니, 근무 태도나 업무 면에선 전혀 괜찮은데. 마히루가 나에게 너무 기대하고 있단 말이지. 일하는 모습을 말이야. 진짜 평범하다고.”

멀쩡하게 일하고 있는 모습을 보여줄 생각이지만, 너무 기대한다는 마음은 아주 조금 있다.

일하는 가게에서 아마네가 입는 것은 흰 셔츠와 검정 커머 베스트, 같은 색상의 점원용 앞치마에 슬랙스 바지로, 알아보기 쉬운 웨이터용 유니폼이라서 딱히 신기한 것도 없다.

문화제 때 입었던 것 같은 급사복도 아니고, 사진도 마히루에게 보여주었으니 신선한 느낌은 없을 것이다.

과연 마히루는 이것으로 만족할 것인가.

“시이나 양이라면 완전 흥분할 것 같은데.”

“흥분은 무슨.”

“시이나 양은 학교에서 차분하지만, 그 뭐냐, 아는 사람들 사이에선 제법 솔직한 부분이 나오잖아? 아마네 관련이라면 무척 순수하게 기뻐하니까, 일하는 모습도 시이나 양에겐 자극적이고 가슴이 두근두근 뛰지 않을까. 그리고 시이나 양이 제복 페티시일 가능성이 있지.”

“안 그래도 여러모로 의혹이 있는 마히루에게 새로운 걸 더하지 마.”

“의혹……?”

“마히루의 명예를 위해 침묵하겠어.”

어디의 누구라고 말하지 않겠지만, 요새 근육을 너무 좋아하는 소녀 탓이라고 해야 할지 덕분이라고 해야 할지, 마히루는 아마네의 육체에 관심을 보이는 일이 많아졌다.

떳떳하지 못한 감정이 전혀 없는 눈빛으로 아마네의 근육을 만지거나 바라보며 흡족해하니까, 아마네로선 나무랄 수도 없이 마음대로 하게 내버려두고 있는데…… 여기에 제복 페티시 같은 요소가 더해지면 큰일이 날 것 같으니 헛된 걱정이기를 바란다.

그저 아마네가 좋아서 보고, 궁금해하는 것으로 치고 싶다.

"너도 참, 신경 쓰이는 말 하지 마……. 아니, 아마 그건 아마네 페티시로 대충 정리되겠지. 그렇게 신경 쓰여?"

"이, 이제 이 이야기는 됐어."

본인이 없는 데서, 게다가 억측으로 단정하는 건 좋지 않다. 이츠키가 더 추궁하지 못하게끔 손을 흔들어 이야기를 마무리한다.

"아무튼 뭐, 선물은 이렇게 하려고 하는데, 마히루한텐 아직 말하지 마. 내가 잘 말할 거니까."

"누가 너한테 평생 원망 들을 짓을 하겠어. 말로만 하지 말라는 식의 농담도 아닌데 진짜 할 만큼 바보는 아니야."

"농담이라면 하는 거냐……."

"그야 그런 농담이니까 당연히 해야지. 아, 참고로 나는 언제 불러 줄 거야?"

"안 와도 됩니다."

"너무해!"

"너도 네가 알바하는 데 가는 거 무진장 거부하잖아……. 그거랑 같지."

즉시 거절한 아마네에게 불만을 드러내는 이츠키도 아마네를 자기가 일하는 곳에 들이려고 하지 않는다. 딱히 웃을 생각은 없지만 남이 보면 역시 부끄러운 듯, 마히루의 생일 때 한 번 이용하게 해준 것이 전부다.

"하지만 나는 시이나 양 생일 때 제대로 일했거든요~. 아마네가 한 번도 안 보여주는 건 불공평하다고 생각합니다~."

하지만 한 번뿐인 이용을 들먹이면 아마네도 똑같이 해주어야 할 것이다.

'나는 되지만 너는 안 된다' 는 아무래도 불공평하고, 그렇게 이기적인 소리를 하는 인간이 되고 싶지는 않다.

마지못해 "적어도 마히루보다는 나중에 와 줘." 라고 조용히 알리자, 이츠키는 얼굴 가득 웃음을 띠며 "네~." 라고 손을 들었다.

"웃는 얼굴이 짜증이 나."

"그게, 한 번 보고 싶었단 말이지, 영업용 스마일."

"문화제 때 봤잖아……."

"내가 있을 땐 표정이 딱딱했잖아. 남들에게 보여주는 아마네 군이라는 걸 보고 싶어서 말이지."

"징그러워."

"헐헐헐."

아마네는 '내가 이겼다' 라고 태도로 나타내고 있는 이츠키에게 눈을 흘기지만, 그 기분이 변할 것 같지 않아서 포기하고 입술을 꾹 다물었다.

제5화 믿음직한 선배

“어라, 후지미야. 화이트데이에 근무 넣었어?”

오늘 일도 끝나고, 귀가하기 전 종업원 전파 사항이 적힌 화이트보드를 보던 미야모토가 의외라는 얼굴로 이쪽을 본다.

3월 근무표가 나왔다고 아까 후미카도 말했지만, 아직 그룹 메시지로는 올리지 않았다고 했다.

근무표는 나중에 보내준다고 하는데, 먼저 보드 쪽에서 확인해서 일정을 관리하려던 차에 미야모토가 말한 것이다.

아마네의 부탁이 무사히 이루어진 것을, 미야모토의 말에서 짐작할 수 있었다.

“아…… 그거 말인데요.”

“어? 뭐야? 헤어졌다든가 하는 건 아니지?”

“불길한 말 좀 하지 마세요. 재수 없게. 애초에 헤어졌다면 저는 얼굴에 엄청나게 티가 날 거고, 일하러 나올 자신도 없고, 일하는 의미도 없어집니다. 완전히 침울해질 거니까요.”

“미안미안.”

평소 마히루의 태도를 봐선 아마네와 멀어질 느낌이 전혀 없고, 오히려 더 사랑받고 있음을 자각할 정도로 곁에 붙어 애정을 전해 주니까 그 점은 걱정하지 않지만…… 상상하기만 해도 오한이 드니까 미야모토를 한 번 째려봤다.

덧붙여 있을 수 없는 일이라 믿지만, 마히루와 헤어지면 아마 진짜로 침울해질 것이며, 아르바이트는커녕 학교에도 한동안 못 갈 정도로 무기력해질 자신이 있다.

평생을 함께해도 좋다고, 함께하고 싶다고 생각한 상대와 작별하면 곧장 정신적으로 피폐해지겠지.

"그런데 왜 하필 화이트데이에 출근을?"

"아, 그건…… 저기, 제 여자친구가, 저를 너무 좋아해서요."

"난 왜 지금 갑자기 염장질 당한 거야?"

"그런 적 없습니다."

이야기는 끝까지 들어주면 좋겠다. 한순간 황당해하는 눈으로 본 미야모토를 흘금 째려본다.

"우선 이 전제가 있는데요……. 여자친구가 전부터 제가 일하는 데를 구경하고 싶어 했어요. 제가 가게 유니폼을 입고 일하는 모습을 보고 싶다면서."

"아…… 하지만 너는 보여주는 게 부끄러워서 오지 못하도록 타이르고 있었다 이건가. 그러고 보니 그런 말 했었지."

"여자친구가 아니더라도 친한 친구 정도에게 익숙하지 않아 허둥대는 모습이라든지 가령 실수해서 혼나는 모습을 보인다고 생각하면 부끄럽지 않아요?"

"그 마음은 이해해. 나도 리노에게 웃음거리가 됐으니까."

"실실 웃는 게 상상되는데요."

"진짜 깔깔 웃었지, 걔는. 그건 그렇고, 나는 사람들 보는 앞에선 혼내지 않고 애초에 후지미야 넌 꾸짖을 요소가 특별히 없었잖아. 어디의 누구와는 달리 기구도 정성껏 다루고, 실수한 적도 없었으니까."

"사이폰 연속 파손 사건은 좀 그렇죠."

"그건 아무리 그래도 오너도 표정이 딱딱해졌지. 화는 안 냈지만 강하게 타이르긴 했어. 리노도 이건 심각하다며 얌전히 받아들였고."

오오하시는 좋든 나쁘든 시원시원, 아니 대충대충인 성격으로, 지금이야 기구를 얌전히 다루지만, 아르바이트 초기에는 힘을 잘못 조절해서 사이폰을 망가뜨리는 일이 여러 번 있었다고 한다.

한 번이라면 또 모를까 여러 번 사고를 치는 바람에 후미카가 진심으로 타일렀다고 한다. 꾸중을 듣지 않은 만큼 오히려 미안했는지 그 후로는 기구를 조심스럽게 다루게 되었다고 한다.

당시를 알아서 눈빛이 흐릿해지는 미야모토를 슬쩍 보고, 아마네는 붙어 있는 근무표를 눈으로 훑는다.

"그건 그렇고, 다시 말해 익숙해졌으니까 여친에게 일하는 모습을 보여줘도 되겠다고 생각한 건가."

"대충 그래요. 그리고 화이트데이 메뉴를 여자친구가 좋아할 것 같아서, 이왕이면 대접해 주고 싶어서요."

어디까지나 일하는 모습을 보여주는 것이 주된 목적이긴 하지만, 이 찻집은 커피만이 아니라 음식도 맛있다.

화이트데이 특선 화이트 초콜릿을 사용한 케이크나 팬케이크도 시식해 봤는데, 마히루 취향의 단맛으로 입맛에 잘 맞을 것 같았다.

모처럼 화이트데이에 와 주는 거니 맛있는 것도 먹으면 좋겠다는 마음이 있다.

"아, 물론 이걸로 보답이 전부인 건 아니고 근무가 끝난 뒤에 같이 쇼핑할 생각으로 근무를 엄청나게 짧게 넣어 달라고 했습니다. 오너의 허가는 받았고요."

"그야 싱글벙글 희희낙락 허가해 줬겠지……."

"네, 그렇죠……."

화이트데이의 근무 시간이 매우 짧은 건 후미카와 상의한 덕분이다.

아무리 아르바이트라고 해도 잠깐 일하고 돌아간다는 것은 미리 신청하지 않으면 무리이므로, 사정을 잘 전한 후 부탁했다.

본인 앞에선 도저히 말할 수 없지만, 그 후미카라면 사정을 헤아려 줄 것 같다고 할까, 적극적으로 협력해 줄 것 같다는 계산으로 신청했는데, 아니나 다를까 예상보다 더 적극적으로 오케이를 해줘서 안도하면서도 조금 죄책감이 들었다.

'너도 참 악당이구나.' 라고 놀리듯 미야모토가 웃는 걸 보고 눈썹을 한 번 찌푸린 다음, 숨을 내쉬고 나서 머리를 숙였다.

"그래서 미야모토 선배도 같은 시간대 근무이니 미리 사과드립니다. 그날은 일찍 빠지게 될 거니까, 죄송합니다."

"응? 아, 아니야. 괜찮아, 괜찮아. 그럴 때 여친을 우선하지 않는 게 오히려 좀 걱정될 테니까. '넌 그런 녀석이었구나.' 하고 말이야. 이벤트는 소중히 해야지."

그런 이벤트가 추억이 되는 거라며 껄껄 웃은 미야모토는 근무표의 화이트데이 일정을 손가락으로 짚고 어깨를 으쓱했다.

"애초에 네가 미리 허가를 받은 후에 오너가 조정한 거잖아? 그러니까 이벤트를 포함해서 근무표에 들어간 사람이 많은 거고. 오너가 그걸로 괜찮다고 판단해서 이 근무표가 된 거니까, 만약에 가게가 돌아가지 않아도 그건 관리하는 사람의 책임인 거야. 알겠어?"

"감사합니다……."

"그리고 나도 오너도, 앞으로 후지미야를 너무 전력으로 계산하지 않으려고 할 생각이야."

"네?"

"아, 이렇게 말하면 오해할 수도 있겠네. 후지미야만이 아니라 카야노도."

"카야노도?"

"봄부터 수험생이잖아. 도저히 빠질 수 없는 이런저런 일들이 생길 거란 말이지. 모의고사나 강습도 있을 거고. 너무 무리하게 할 순 없잖아."

그 말은 이쪽의 사정을 명확히 의식한 것이리라.

아마네도 카야노도 내년도부터 3학년 수험생이 된다. 당연히 2학년 때보다 바빠질 것이고, 수험을 의식한 스케줄을 짜게 될 것이다.

바빠질 걸 알면서도 아마네는 아르바이트를 선택했고, 미리 정한 금액이 모일 때까지는 일을 그만둘 생각이 없다.

그래도 도저히 빠질 수 없는 용무가 생길 것이므로, 그것만은 근무표에서 빼고 일할 수 있도록 학교에서 더 집중해야겠다고는 생각하고 있었다.

"아, 딱히 알바를 하지 말라는 게 아니라. 수험 준비가 우선이라는 것도 아니까 확실하게 움직일 수 있는 전력으로 치긴 아직 이르다고 판단했을 뿐이야. 능력적으로는 확실히 전력으로 꼽을 수 있으니 안심해."

아마네에게 떠오른 불안을 그대로 읽어낸 것처럼 웃는 미야모토는 지금 있는 종업원의 이름란 아래의 빈 부분에 손가락을 미끄러뜨린다.

"너도, 카야노도, 일을 문제없이 해내고 게으름 피우는 일도 없이 꼬박꼬박 출근해 주는 성실한 사람이라는 전제가 나랑 오너한테도 있어. 그렇다 보니 가게에서 꼭 필요하다고 넣어 버리면 너희가 올 것 같단 말이지……. 그런 점을 고려해 인원을 늘려 대응할 생각이야. 게다가 후지미야 넌 오래 계속할 생각은 없잖아?"

"여름쯤에는 그만둘 생각입니다. 목표 금액도 모일 거고, 대학 입시 준비가 여러모로 본격화되는 시기니까요."

3학년이 동아리 활동에서 은퇴할 무렵에 아마네도 아르바이트를 그만둘 생각이다. 그 부분에 관해서는 처음부터 후미카와 이야기하여 납득한 뒤 일하기로 했다.

명확한 목표는 정하지 않았지만, 아마네가 사고 싶은 것은 시판품이라면 대략 수십만 엔, 주문 제작한다면 그 두 배 정도는 돈이 든다.

그걸 살 수 있게끔 금액을 설정하고 근무를 넣었으며 현재까지 문제없이 저금하고 있으므로, 이대로 가면 방금 미야모토에게 말했듯이 여름쯤에는 그만두어도 문제없는 만큼 모일 것이다.

“그렇지? 나랑 오너도 그 정도가 한계일 걸 아니까 그걸 예상하고 근무표를 짤 수 있게 하는 거야. 그러니 네가 걱정할 일은 없어.”

“감사합니다……. 미야모토 선배, 엄청나게 오너 쪽 의견으로 이야기하네요.”

“상담을 받고 있으니까. 나는 꽤 오래 일했으니 그런 상담을 오너가 던지거든.”

일개 알바인 나를 너무 부려 먹는다며 투덜대면서도 싫은 내색이 없는 미야모토에게 슬쩍 웃는다.

“뭐, 나도 머지않아 취업 준비나 졸업 논문 등등으로 바빠질 테고, 더 이상 남 일에 이러쿵저러쿵 말할 수 없게 될 거지만. 뭐, 이런 건 학생을 고용하는 이상 발생할 수 있는 대가 같은 거라고 오너도 말했으니까, 너도 신경 쓰지 마.”

“네.”

“참고로 여자친구한테 해주려는 이것저것은 목표 금액이 꽤 높아?”

궁금한지 목소리를 낮추고, 물어보기 영 어려운 눈치이면서도 호기심이 엿보이는 눈빛으로 본다. 그렇기에 아마네는 어떻게 대답할지 뺨을 긁적이며 말을 고른다.

"높다고 할까, 그렇긴 하죠. 학생 신분으로 여기까지 하는 게 부담스럽게 보이지 않을까 싶기는 한데요."

아마네가 마히루에게 주고 싶은 것은, 명확한 서약과 그것을 형상화한 것.

애초에 귀금속 지식이 별로 없어서 일하기 전에 알아봤는데, 일반적인 학생이 다루기에는 거의 불가능한, 상당한 거액이 요구된다. 3개월 치 월급이라는 말이 괜히 있는 것이 아니다.

옛날 기준의 급료에 해당하는 것은 학생 신분으로는 도저히 줄 엄두가 나지 않으므로 아마네가 감당할 수 있는 범위에서 그 물건을 고를 테지만, 그래도 장난감이 아닌, 확실히 맹세할 수 있는 것을 건네고 싶다.

가녀린 손가락을 장식할, 소중한 약속을.

일반적으로 학생이 상대의 장래를 가로채는 약속은 하지 않을 것이고, 아마네 자신도 너무 부담스러운 인간임을 자각하지만, 미야모토는 담담하게 "일편단심이라고 생각하면 되지 않겠어?"라고 온화하게 말했다.

"그만큼 시간과 노력을 들여서 주고 싶다면 대단한 거고. 그걸 싫어할 상대야?"

"아뇨……. 기뻐해 줄 거라고 믿고 싶어요. 단언하면 자만하는 거니 자제하겠지만요."

"그러면 괜찮지 않겠냐. 젊은데도 어쩌면 그렇게 각오가 단단한가 싶긴 하지만."

"그만큼 좋아한다는 거니까요."

학생 사이의 교제는 놀이나 일시적인 거라고 하지만, 아마네는 이 마음을 결코 일시적인 것으로 여기지 않는다.

아마도, 아니 확실하게, 더 곁에 있고 싶다고, 지탱해 주고 싶다고, 지켜주고 싶다고, 함께하고 싶다고—— 행복하게 해 주고 싶다고 생각하는 사람은, 앞으로 나타나지 않을 것이다. 그런 확신이 있다.

몸을 태우는 열정도, 햇볕처럼 부드러운 온기도 내포한, 녹아버릴 것 같은 행복의 열기가 쭉 안쪽에서 깜빡이고 있다. 이 불꽃은 사라지지 않고 오랫동안 가슴속에서 아마네를 따뜻하게 해줄 것이다.

보통 이런 감정을 들이대면 상대가 도망칠 테지만, 마히루는 받아들이고 이해해 주었다. 그리고 대신 마히루의 열기를 아마네에게 붙여 주었다.

지금 가슴속에서 온화하게, 격하게 타오르는 것은, 두 사람의 열기가 합쳐진 것이다. 이것이 사라질 것이라고는 도저히 생각하지 않는다.

"뜨거워 죽겠네."

"그러는 선배도 남 일이라고 말할 처지는 못 될 건데요."

가볍게 놀림당해도 아프진 않다. 미야모토 역시 몇 년이나 이어진 연심을 품고 있다는 걸 알고, 온화하게 오오하시를 지켜보는 것도 알고 있다. 정말로 좋아하지 않는다면 그 사람만 바라보지 않을 것이다.

"시끄러워……."

"그렇다면 선배도 조용히 있는 게 좋겠네요. 아픈 델 찔리고 싶지 않다면."

"귀, 귀여운 구석이 없네……."

"전 처음부터 귀여운 구석이 없었는데요."

언제부터 있었다고 착각했던 걸까. 목에서 소리를 내며 웃는 아마네에게, 미야모토는 머리를 벅벅 긁으면서 노골적으로 한숨을 크게 쉬었다.

뺨이 희미하게 빨간 것은 언급하지 않기로 한다.

"아니…… 카야노보단 있었지. 걔는 기본적으로 곤란해도 도움을 청하지 않고 스스로 해결하려는 성격이니까……. 얼굴에도 드러나지 않고……. 넌 스스로 대처할 수 없다고 깨달으면 얼른 부탁하러 오니까 1밀리 정도의 귀여움은 있어."

"밀리미터 단위예요?"

"그 이상으로 찾아내 주길 바라는 거야?"

"아뇨. 됐어요."

"그렇지? 뭐, 그런 거니까 신경 쓰지 마. 일찍 말하면 오너도 근무 시간대를 융통성 있게 잡을 거고, 뭔가 아르바이트나 진학 문제로 다른 곤란한 일이 생기면 눈치 보지 말고 말해. 가능한 범위에서 상담해 줄 테니까."

수치심이 드러난 얼굴을 간신히 원래대로 되돌린 미야모토의 말은 곧바로 의지할 어른이 주위에 없는 아마네에게 은은히 사무치는 것이 있었다.

부모님은 믿음직하지만, 멀리 떨어진 데 산다. 그러니 대부분의 일은 스스로 대처해야 한다.

그건 아마네가 선택한 길이니 후회하진 않지만, 이렇게 의지해도 된다고 말해주는 사람이 나타나니 안도감이 다르다.

"감사합니다……. 미야모토 선배는 뭔가 굉장히 형 같네요."

"오, 뭐야. 형님으로 따를래?"

"어? 싫은데요."

"이 녀석이."

"아야야야."

즉시 목에 팔을 걸고 조이는 점이 진짜 억지스러워서 형 같다. 그렇게 생각하며 아마네는 "항복, 항복." 하고 신음하면서 미야모토의 배를 손바닥으로 두드려 항복 의사를 표명했다.

제6화 앞날을 내다본다는 것

"매년 이맘때가 되면 기분이 안 좋아지는 것 같아."

오늘은 아르바이트 근무가 없어서 방과 후 교실에서 공부 모임을 하기로 했는데, 책상을 붙인 다음 가방에서 교과서를 꺼내며 치토세가 말 그대로 우울한 듯 작게 중얼거렸다.

이츠키도 치토세도 공부에 성실하게 임하고 있고, 할 의욕 자체는 있지만, 역시 공부가 질색인 치토세로서는 하기 싫은 기분이 드는 거겠지.

그건 누구나 그럴 수 있으니까 나무랄 수 없지만, 의욕이 없는 채로 공부하는 것도 힘들 것이다. 치토세의 눈치를 살피자, 지친 듯 폐에서 무거운 공기를 내쉬고 있다.

"복습할 게 엄청나게 많아서?"

"그거야. 밸런타인데이 때는 기분이 들떴는데, 절벽에서 떨어뜨린 기분. 왜 지난번 시험 다음부터가 아니라 1년 범위 전체를 다 해야 하는 건데."

교과서를 잡고 책상에 탁탁 내리치는 치토세에게 마히루가 "교과서가 상해요."라며 이미 모서리가 너덜너덜한 치토세의 교과서를 보면서 부드럽게 타이른다.

참고로 마히루의 교과서는 쓸데없이 구겨지거나 더러워지지 않아서 깨끗하다. 내용물은 필요에 따라 필기한 게 있어서 새것은 아니지만, 적어도 치토세처럼 정체불명의 만화나 위인의 얼굴에 한 낙서는 없다.

"으음. 범위가 넓은 건 어쩔 수 없달까. 1년 동안 배운 것을 어디까지 기억하는지, 몸에 익혔는지 확인하는 점검이죠. 그리고 수험 연습일까요. 진짜 대입 시험은 훨씬 광범위하게 출제되니까요."

"뭐 인간은 반복하는 것으로 기억하는 법이니, 잊고 있었다면 지금이 좋은 기회가 아니겠어?"

"기쁘지 않아! 범위 너무 넓어!"

짝 하고 경쾌한 소리를 내며 교과서가 책상과 키스하고 있지만, 치토세의 폭주를 막을 수 없는 아마네로선 표지라는 얼굴을 강타당해 불쌍한 교과서를 지켜볼 수밖에 없다.

"우리 학교는 1, 2학년 때 진도를 너무 빡빡하게 넣으니까."

"범위가 너무 끔찍한 문제는 포기할 수밖에 없어, 치이. 우리가 평소 더 잘했으면 이렇게까지 한탄할 일은 없었을 거고."

"윽, 찔리는데."

"기본 실력과 평소 노력이 드러나는 거니까 힘내요."

아마도 무의식중에 했을 말에 이츠키까지 함께 찔려서 "윽." 하고 신음하는데, 이건 사실이며 과거를 바꿀 수는 없으니 앞으로 힘내주기를 바랄 뿐이다.

"대학 입시는 그동안 배운 초중고 지식을 활용하는 총력전이고, 이번 고사는 그 연습이라고 생각해요. 좋은 기회예요."

"히잉."

"내년 이맘때쯤에는 대체로 편해질 거예요. 3학년은 자유 등교 기간이기도 하고요."

대학 입학 공통 시험이나 국공립대 입시 등 시험이 어느 정도 마무리된 3학년들은 정해진 등교일을 제외하고 선택식 등교가 된다. 그렇다고 해도 비교적 등교하는 3학년이 많은 편이라 별로 자유롭다는 감각은 없지만.

"그 전에 지옥이 기다리는 걸 아는걸."

"한 번은 지나야 할 길이야, 포기해. 지나가지 않아도 되지만, 그럴 경우는 장래에 어떻게 할지까지 정해둬."

"너무 신랄해."

"뭐야, 응석을 받아주길 바라는 거야?"

그냥 다정하고 듣기 좋은 말만 늘어놓는 거라면 아마네도 할 수 있지만, 그것이 정말로 치토세에게 도움이 될까 하면 아니다.

치토세를 타락시키고 싶지는 않고 친구이니 본인이 희망하는 진로에 도달하기를 바란다. 그러려면 치토세의 의욕을 끌어내야 하는데, 아마네는 그런 쪽으로는 서투르니 마히루에게 맡기게 된다.

여기서 응석을 받아달라고 하면 어떡하지 하고 한순간 생각했지만, 곧바로 치토세에게 부정당한다.

"어? 아마네가 나한테 다정한 건 징그러우니까 싫어."

“무슨 말인진 알겠는데, 말을 좀 골라주지 않을래.”

“그치만…… 아마네는 이럴 때 응석을 받아줘서 타락시키기보다 정론을 팍팍 찔러주는 게 나한테 도움이 될 거라고 생각하는 타입이잖아?”

“아마네는 그런 면이 있단 말이지. 정신적 케어는 시이나 양한테 맡기고 둘이서 채찍과 당근을 쓰는 거지. 정론을 들이미는 사람에게 기분이 상하는 걸 아니까 자기가 하는 거야. 진짜로 기분이 울적할 때는 절대로 심한 말을 안 하고 눈치 보면서 찔러대지.”

“알면 말하지 마, 이 바보야…….”

어째서 그런 데만 눈치가 빠르다고 할지, 눈썰미가 좋은 거냐. 그런 뜻으로 째려보지만, 두 사람에게는 효과가 없는 듯했다.

“아~ 그건 알고 있지만. 그리고 스파르타 레벨을 말하자면 마히룽이 더 심하거든? 어디까지나 내가 부족해서 그런 거지만.”

“치토세 양이라면 꺾이지 않고 따라와 줄 거라고 믿으니까요. 지금까지의 경험으로 확신하고 있어요.”

“우응~ 마히룽은 의욕을 너무 잘 끌어내.”

실제로 엄격함으로 말하자면 마히루가 압도적이지만, 그 분위기나 말투를 엄격하게 느끼지 않게 하는 점이 대단하다.

자존심을 살살 간질여 스스로 움직이도록 유도하는 게 능숙하므로, 엄격한 지도가 있어도 불쾌하게 느껴지지 않는다.

참고로 만난 초창기에 아마네에게 신랄하고 용서 없었던 것에 관해서는 “좋은 말로 권해도 몸을 떨면서 질색했을 거잖아요.”

라고 했다. 정말 사람을 잘 본다.

"아니, 의욕이 처음부터 없는 건 아니거든? 그냥 귀찮아 죽겠어~라는 마음을 토했을 뿐이라고요. 노력할 생각은 있다고요."

"그것도 이미 알고 있어요."

마히루도 치토세의 이런 태도가 귀찮음에 따른 저공비행일 뿐이고, 자리에 앉은 시점에서 똑바로 공부할 것임을 이미 잘 알고 있는 듯했다.

지루해 보이면서도 필통과 노트를 꺼내고 있으니, 공부하려는 자세 자체는 보인다.

"하아." 하고 한숨을 푹 쉰 치토세가 펜을 능숙하게 빙글 돌린 뒤 손에 쥐고, 평소처럼 미소를 띤 마히루에게 시선을 보낸다.

"마히룽은 그, 입시 관련의 일들이 싫지 않아?"

"으음……. 입시 자체는, 좋은지 싫은지를 말하자면 싫은 편이에요."

"어라, 의외네."

이건 이츠키도 의외인 듯 눈을 깜빡이며 마히루를 응시했다.

그 시선을 눈치챈 건지 아닌지, 한없이 여유로운 미소를 지으며 꺼낸 참고서 표지를 손끝으로 어루만진다. 그 참고서를 이미 다 풀었다는 것을 아는 사람은 아마네뿐이다.

"공부하는 것 자체는 좋아해요. 모르는 것을 알고 자신의 양분으로 만드는 거니까요. 몰랐던 것을 알게 되고, 할 수 없던 것을 할 수 있게 되는 것이 제게는 기쁨이니까요."

성실한 기질도 있지만, 무엇보다 마히루는 의외로 호기심이 강하고 탐구심이 풍부한 구석이 있다.

모르는 것을 아는 것에서 즐거움을 느끼기에 다양한 분야의 책이나 영상을 보고, 취미로 여러 가지 일에 손대서 익히고 있다.

그런 이유로 마히루는 배우는 것을 전혀 힘들게 여기지 않지만, 입시 공부와는 다른 이야기인 듯.

"다만, 입시를 위한 공부는 제게 있어서 기쁨과는 조금 다르다고 할까요."

"달라?"

"물론 필요하다고 여겨지는 것을 이해하는 것 자체는 즐겁지만, 그것이 일종의 강제라는 점이 도저히……. 저는 자발적으로 미지를 아는 행위가 즐거운 거지, 타인이 마련한 기준에 맞추는 작업에서는 그다지 즐거움을 찾을 수 없다고 할까요."

학생이니 어쩔 수 없다는 건 안다며 희미하게 쓴웃음을 짓던 마히루의 표정이 난감해하는 미소로 바뀐다.

"대학이 뭘 하는 곳이라고 생각하죠?"

"응? 갑자기 왜? 우~응, 사회에 나가기 위한 최종 준비 시설 같은? 자격증 딸 수 있는 곳도 많고."

"그런 점도 있겠죠. 결과적으로 취업을 위해 사용되고 있으니까요. 사회에선 학력이라는 기준이 있으니 더더욱 그렇죠."

대학은 연구 기관 겸 교육 기관이지만, 현대 사회에서는 후자를 떠올리는 사람이 많을 것이다. 사회에 우수한 인재를 배출하기 위한 육성 기관이라는 인식이 강하다.

"마히룽은 어떻게 생각하는데?"

"그러게요. 저는 지식 탐구를 완수하기 위한 기관이라는 인식이 강해요. 물론 교육 기관의 역할도 겸하고 있다고는 생각해요. 전문 분야의 지식이나 교양을 습득하는 목적도 있으니까요."

"그렇다고 해도, 지금 말한 게 입시가 싫은지 아닌지와 관계가 있어……?"

"그렇다면 입시의 무엇이 싫은가 하는 이야기로 돌아가는데요. 현대 사회의 대학 입시는 사회라는 기반에 얹을 목적으로, 그 규격에 맞추는 행위처럼 느껴지거든요. 현 상황에서 대학이란 사회의 톱니바퀴를 생산하는 공장의 측면이 너무 강해지고 있는 것이 아닐까 하고요. 그 생산 라인에 오르기 위한 공부라고 생각하면, 의욕은 자발적으로 하는 것보다 떨어지겠죠."

"요컨대……?"

"필요하니까 하지만, 사회의 톱니바퀴가 되기 위해서라고 생각하면 의욕이 안 난다는 거네."

"대체로 그래요."

대충 억지로 생략해서 정리했지만, 크게 틀린 부분은 없었던 거겠지. 마히루는 아마네에게 짝짝 박수를 보내주었다.

"이것저것 말했지만, 치토세 양과 크게 다르지 않아요. 수험생 대부분이 그런 마음일 거니까요. 다만 공부 자체는 좋아하니까, 그 점만 치토세 양과 다르다는 거죠."

"아항. 공부를 좋아하는 마음은 이해할 수 없지만."

"으음. 저는 공부함으로써 모르는 사실을 이해하는 데 성취감이나 만족감이 생기는데, 치토세 양은 그렇지 않은 거겠죠. 아마 같은 성취감이라도, 치토세 양은 공부보다는 실제로 행동한 결과에서 더 느끼기 쉬울 거예요. 예를 들어 철봉 타기를 못 하다가 연습해서 됐다면 성취감이 들겠죠?"

"들어. '해냈어!' 가 돼. 육상도 기록이 단축되면 진짜 신나니까."

"정확히는 조금 다르지만, 제게는 공부가 그런 거예요."

"그렇구나!"

마침내 이해한 듯한 치토세의 얼굴이 확 밝아졌지만, 결국 치토세의 '공부가 지겹다' 는 마음을 떨쳐내지 못했다. 그래서 어쩌면 좋을지 하고 남은 세 명이 서로 얼굴을 보았다.

"치이는 아마 공부가 지겹다는 마음이 너무 앞서서 이해하게 되더라도 '겨우 끝났다' 는 피로감이 가장 먼저 나올 거니까. 기쁨이 대부분 거기에 가리는 거겠지."

"아마 끝낸 것 자체에 대한 성취감은 있더라도 이해한 것에 대한 성취감은 희미한 거겠죠."

"맞아, 잘 아네……. 근데 왜 내 해부가 시작된 거야? 그만해, 발가벗겨지겠어!"

"먼저 발가벗기고 나서 치토세 양의 의욕을 높이려면 어떻게 할지 생각하는 게 나아 보여서요."

듣기에 따라서는 위험한 말을 아무렇지 않게 하는 걸 보고 치

[비매품] 옆집 천사님 때문에
어느샌가 인간적으로 타락한 사연 11
© Saekisan
Illustration copyright © Hanekoto
SB Creative Corp.
ome
PEN (L.O18:30)
7:30~19:00

토세가 저도 모르게 자기 몸을 끌어안고 있지만, 마히루는 그만둘 기미가 없다.

치토세를 위해 어떻게든 의욕이 생길 방법을 찾는다는, 참으로 우정을 느끼게 하는 행위. 하지만 분석되는 본인은 불안한 듯 치토세는 작은 동물처럼 바들바들 떨고 있다.

다만 이츠키가 전혀 도와주지 않는 걸 보면 이츠키 역시 필요한 일이라고 생각한 거겠지.

"알기 쉬운 효과가 있는 것이 보상이겠죠."

"하지만 보상이 있더라도 그것이 고정되면 뇌가 자극에 익숙해진단 말이지. 인간은 일정 자극이 없으면 활성화되지 않으니까, 자율성을 촉진한다는 점에서는 자극 자체도 중요하지만, 완급을 조절하는 게 더욱 중요해질 것 같아."

"역시 채찍과 당근일까요."

"우리라는 외부 자극에 너무 의존하는 것도 좀 그래. 본인이 무언가 보상을 준비하거나 상상할 수 있는 것이 가장 좋겠지만, 본인의 의지가 가장 중요하니까."

"잇군, 이 사람들 무서워."

"치이를 위한 거야. 포기해."

"잇군까지 너무해!"

쉽게 버려진, 정확히는 관망 대상이 된 치토세에게, 마히루도 억지로 시킬 생각은 없는지 "강제하진 않아요."라고 미리 단언했다.

"자발적으로 의욕을 내는 것이 가장 좋긴 하지만요. 솔직히 싫다면 싫은 채로 있어도 괜찮다고 생각해요. 강제는 역효과가 나기 쉽거든요. 특히 의미도 모른 채 강제로 시키면 몹시 불쾌하니까, 그것으로 의욕을 유지할 순 없겠죠."

이유도 모르고 이래라저래라 명령받으면서 기꺼이 실행하려는 사람은 아무도 없다.

결국 의욕이란 자기 안에서 생기는 것이므로, 억지로 쥐어짜려고 해도 잘될 수 없다. 그 의욕이 생기게 하는 준비가 외부에서 해줄 수 있는 최대한의 도움이리라.

"다만 지금 상황에선 할 수밖에 없으니까, 싫어도 최소한을 완수해서 자기가 장래에 하고 싶은 일에 지장이 없도록 한다는 것을 머리로 이해하는 것이 좋을 거예요."

그걸 위한 납득이다.

머리로 납득하지 않으면 마음이 움직이지 않는 일이 있다. 그 반대 또한 마찬가지지만.

"장래에 하고 싶은 일."

"예를 들자면, 만약 앞으로 뭔가 직업을 가지고 싶어졌는데, 그 직업에 반드시 자격이 있어야 한다면 보통 그 자격을 따겠죠?"

"응."

"하지만 정작 중요한 자격이, 예를 들어…… 대학 졸업 자격이 없으면 취득할 권리조차 없다고 한다면요?"

"대학에 가야겠네."

"네. 하지만 만약 대학에 가지 않았다면 거기서부터 시작해야

비로소 출발선에 설 수 있겠죠? 발을 동동 구르는 시간이 일반적으로 최소 2년, 4년 정도 걸리는 셈이고. 그사이 아마 '아아, 그때 더 준비할 걸, 놀지 말 걸.' 하고 생각할 것 같아요."

사각사각. 바인더 노트에 샤프펜으로 머리를 부여잡은, 귀엽고 단순한 느낌의 치토세 비슷한 사람을 그리는 마히루.

은근히 그림을 잘 그린다. 이런 데서도 호기심과 탐구심의 노력이 결실을 보니까 조금 웃음이 나온다.

"지금은 비유일 뿐이고 실제 상황은 아니지만요. 하지만 '아, 그때 이렇게 할 걸 그랬다, 노력할 걸 그랬다' 는 흔히 있는 일이라고 생각해요. 그런 후회는 정말로 오래가거든요."

마치 체험담처럼 말하는 마히루에게는 아마네도 모르는 어떤 후회가 있었을 것이다.

하지만 그걸 드러내지 않는, 후회나 괴로움을 일절 드러내지 않는 잔잔한 눈빛은 조용히 치토세를 향하고 있었다. 대조적으로 치토세는 눈이 잔물결처럼 일렁인다.

"그런 후회를 안 하려고, 선택지를 만드는 준비를 하는 거예요. 그러기 위해서라면 저는 준비가 정신적으로 괴롭지 않아요."

"아, 우리 부모님도 그렇게 말했지. 나중에 하니까 후회인 거다. 후회를 안 하려면 그때 할 수 있는 일은 하는 게 좋다고. 그리고 자신의 선택지를 늘리기 위해 흥미, 관심, 의욕은 소중히 키우라고 말이야."

슈토와 시호코는 관대하고 아마네가 하고 싶은 대로 하게 해주었지만, 꼭 해야 할 일 중에서 지금 할 수 있는 일은 먼저 하는 것이 나중에 갈수록 더 좋아진다고 말했었다.

그래도 아마네가 마지못해서 할 때도 있었지만, 그때는 다정하게 그 이유를 설명했고, 하면 즐거워진다고 타이르며 함께하고 칭찬하여 아마네의 의욕을 키우기도 했다.

나아가 아마네가 자발적으로 무언가를 하길 바라면 그 마음을 존중해 주었다. 그렇기에 지금의 아마네가 있는 것이다.

"돌이켜보면, 내가 흥미를 보이면 은근 뭐든지 하게 해주었고, 도전하는 일의 보람이나 즐거움은 처음부터 가르쳐 주었단 말이지. 그래서 나도 딱히 공부가 힘들지 않고, 준비라고 생각하면 완전 즐거워. 그건 해야 할 일이라고 생각하니까 노력할 수 있어."

"두 분도 그런 마음가짐이나 받아들이는 방식을 가르치신 거겠죠. 할 일을 강제했다면 그렇게 되지는 않았을 거예요."

"그렇겠지."

강제했다면 평범하게 반항했을 거고, 지금보다 의욕이 없는 인간이 되었을 것이다.

"어쨌든 '해두는 게 나중에 더 이득'이라고 스스로 납득하면 의욕도 지금보다 더 생길 거야. 나는 치토세가 하고 싶은 것을 포기하는 일이 없으면 좋겠으니까."

그렇게 말을 마무리한 아마네에게 치토세는 조용히 "머리로는 알고 있는데 말이야."라고 말을 꺼냈다.

"정말이지 뭐랄까. 마히룽도 아마네도, 정말 이해력이 좋아."

치토세가 칭찬과 질색이 뒤섞인 감상을 입에 담자, 아마네와 마히루 모두 그걸 자각하고 있기에 쓴웃음을 지으며 얼굴을 마주 보게 된다.

"'즐거움은 괴로움의 씨앗, 괴로움은 즐거움의 씨앗' 이라고 하잖아요. 저는 뭐든지 사서 고생하라고 생각하진 않지만, 필요한 고생이라면 얼마든지 사서 할 거예요. 그것이 나라는 인간을 갈고닦는 연마제가 될 수 있다면요."

날마다 자기 자신을 갈고닦는 마히루의 당당한 모습에 한순간 압도당하지만, 그건 이츠키나 치토세도 마찬가지였을 터이다.

할 말이 사라진 두 사람에게, 마히루는 일부러 밝게 싱긋 웃는다.

"그래도 편할 수 있을 때는 편하게 지내요. 저는 곤란을 좋아하는 것이 아니라, 납득할 수 있는 자신이 되고자 하는 거니까요. 무리하지 않는 것이 가장 좋아요."

"그래도 시이나 양은 참 훌륭하다고 할까, 정말 마음이 울렸어. 안 하고 후회하는 것보다 해보고 후회하는 게 낫다는 거군……. 정말이지, 나도 노력해야겠네."

마히루의 마음가짐에 감명을 받은 것인지, 책상 아래에서 주먹을 쥐는 것이 아마네 눈에만 보였다.

이츠키는 원래부터 의욕이 있었고 행동도 동반했지만, 마음은 어딘가 붕 떠 있었을 것이다. 그것이 땅에 잘 착지한 듯한, 가야 할 곳을 응시하게 된 듯한, 그런 분위기가 되었다.

"너희가 성실하게 하는데 나만 꾸물꾸물하기도 싫고, 결국 해야 할 일은 달라지지 않으니까 노력해야 하는 거지."

"그러네요. 이제는 치토세 양에게 달렸어요."

마히루는 강제하지 않는다.

치토세는 공부 면에서 스파르타 타입이라고 한탄했지만, 그건 애초에 치토세 본인이 원해서 배우는 것이다. 마히루는 언제나 치토세에게 억지로 시키지 않는다. 그것이 본인의 의욕으로 이어지지 않음을 아니까 그렇다.

하지만 지금의 치토세라면 의욕 걱정은 더 할 필요가 없겠지.

"힘낼게. 잇군과 헤어지긴 싫으니까. 최악의 경우 둘이 손잡고 도망칠 거니까 나도 똑바로 생활할 수 있도록 노력해야지."

"바로 그런 마음이에요. 저도 미력하나마 도울 거니까요. 당장은 학년말 고사의 대책을."

"아악!"

의지를 말하고 서로 손을 잡는 아주 진지한 장면이었는데, 마히루의 말 하나에 치토세의 입에서 엉뚱하다는 표현이 매우 잘 어울리는, 정말이지 한심하고 떨리는 고성이 터져 나왔다.

비명이라고 하기엔 참 귀엽고 멍청한 느낌이어서, 아마네는 참지 못하고 눈을 가늘게 뜨며 눈을 흘기고 소음의 근원지를 바라본다.

"처음 화제로 돌아가자마자 괴성 지르는 건 뭐야."

"아마 눈앞의 곤란을 다시금 인식해서 그런 거겠죠. 파이팅이에요."

"너희는 참 화기애애한데, 그쪽 상황은 어때?"

"나? 애초에 특별한 게 없어도 정기적으로 복습하고 있고, 학기말 고사 이야기라면 평소부터 범위를 넓혀가며 꾸준히 참고서를 풀고 있어. 기억은 반복으로 정착하는 법이야."

"저도 아마네 군과 함께 공부하고, 혼자 있을 때는 대체로 무언가를 복습하거나 참고서를 풀고 있으니까요. 허둥댈 일은 아니네요."

아마네는 아르바이트 출퇴근 중이나 귀가하고 나서 그날 배운 것을 복습하거나 다음 수업을 예습하고, 아르바이트를 하면서도 되도록 성적에 영향이 없도록 한다. 그리고 마히루와 함께 공부함으로써 더 심도 있게 이해하고자 노력하고 있다.

마히루는 애초에 이미 대학 입시에 필요한 학습 내용을 미리 마쳤다고 하니 대부분이 복습이 될 것이고, 학교 수업보다는 입시 공부에 중점을 두고 있는 모양이다.

그것으로 성적 1등을 여유롭게 유지하고 있으니, 노력으로 뒷받침된 마히루의 두뇌는 허세가 아니다.

"얘들한테 물어본 내가 죄인이지. 치이, 힘내자……."

"응……."

평소부터 공부하는 건 당연하지 않냐며 고개를 갸웃거리는 아마네와 마히루를 보고, 이츠키와 치토세는 힘없이 어깨를 늘어뜨렸다.

제7화 비밀로 하고 싶은 것

시험 전이라서 근무 시간이 평소보다 적었기에, 아마네는 하루 수업을 마치고 순순히 집으로 돌아가 공부에 전념하고 있었다.

평소와 다른 점은 오늘은 수업이 1교시 분량 적었다는 것과 마히루가 치토세를 맨투맨으로 가르치고 있어서 저녁때까지는 여기에 없다는 것, 그리고 이츠키가 쳐들어왔다는 것이다.

이츠키도 자기 집에서 공부할 줄 알았는데, 집에 있으면 아버지를 의식해서 공부가 안 된다는 이유로 아마네의 집에서 공부에 힘쓰게 된 듯하다.

시끄럽게 굴지 않고 성실하게 공부해 준다면 아마네도 딱히 싫지 않다. 그리고 같이 있으면 서로 문제를 내주는 식으로 공부할 수도 있으니까 거절하지 않고 받아들였는데, 이츠키의 표정은 어쩐지 평소보다 활기가 없었다.

얼굴이 왜 그런지 좌식 테이블을 사이에 두고 마주 앉은 이츠키를 관찰하고 있자니, 시선을 느꼈는지 희미하게 쓴웃음을 짓는다.

"딱히 무슨 일이 있었던 건 아니거든? 그냥 오늘 아침에 아버지한테 들은 말을 잠깐 생각한 거지.”

무슨 말을 들었는지는 입 밖에 내지 않았지만, 이런 경우에는 대체로 뭔가 말다툼이 벌어지는 일이 많다.

이츠키의 최근 태도를 보면 매우 성실하게 지내는 걸 알겠지만, 그런데도 이츠키의 아버지인 다이키 씨가 이츠키의 속을 긁는 소리를 한 걸까?

“아버지와는 아직 냉전 상태야?”

“냉전이랄까, 그 뭐냐, 거의 말을 안 하는 상태?”

“그게 냉전 아니야?”

“솔직히 후계자니 뭐니 하기 전부터 많이 얘기하진 않았지만.”

이츠키의 말만 들으면 완전히 싸늘해진 가족 관계지만, 생판 남인 아마네가 이러쿵저러쿵 말하면 안 될 것이다.

아마네는 중학교 시절에도 이렇다 할 반항기가 없었고, 부모님과도 양호한 관계를 유지하고 있다. 하지만 이건 굳이 따지자면 특이한 케이스인 듯, 이만큼 적당한 거리감으로 정착하는 일은 그다지 없는 모양이다.

이츠키에게 부모님을 바꾸고 싶은 수준이라는 말을 들은 적도 있지만, 그렇게 생각할 정도로 이츠키는 자기 부모, 아마도 다이키 씨에게 불쾌한 감정이 있는 거겠지.

“예비로도 인식하지 않았다고 할까, 남는 녀석이니까 너 하고 싶은 대로 하라고 방임했으니까. 그걸 생각하면 오히려 지금은 대화하게 된 편인데.”

"그건 그거대로 좀 그렇다고 생각하지만……."

"그건 나도 그렇게 생각해."

이츠키는 암기 시트를 참고서에 대고 보면서 한숨을 푹푹 쉰다. 그래도 확연히 기운을 잃은 느낌은 아니고, 조금 지친 듯이 눈을 내리깐다.

잠시 아마네와 시선을 맞추지 않았지만, 마음의 정리를 마쳤는지 천천히 고개를 든 이츠키는 아까보다 눈에 힘이 깃들어 있었다.

"하지만 어쩔 수 없는 일이고, 아버지는 고집불통이니까. 바뀔 거라면 내가 바뀌어야 하는 거잖아. 남을 바꾸는 것보다 내가 바뀌는 게 빨라."

딱 잘라 말한 이츠키의 눈빛을 보고, 아마네는 눈부신 것을 본 것처럼 눈을 가늘게 뜬다.

"너도 진짜 달라졌네."

"그러니까 나를 바꾸는 게 빠르다는 거야. 그렇지?"

"그렇지……."

달라진 아마네이기에 실감을 가지고 고개를 끄덕일 수 있다.

아마네도 마히루와 사귀기 시작한 초창기에 주위에서 어울리지 않는다는 말을 들은 적이 있었지만, 의연한 태도로 대응하게 되면서, 지금은 그 말도 오래전 일이다.

마히루에게 걸맞은 사람이 되려고 노력에 노력을 거듭했더니, 주위에선 어느새 아마네를 그런 존재로 받아들이고 있었다. 아마네를 신경 쓰지 않게 되었다는 것이 더 정확할지도 모르지만.

이츠키와는 상황이 조금 다르지만, 적어도 자신이 바뀌지 않으면 사태는 호전되지 않는다는 것이다. 남이 바뀌기를 기대하는 것보다 스스로 원하는 상황을 쟁취하는 것이 더 빠르다.

"뭐, 결국 할 일은 달라지지 않는단 말이지. 노력해서 내가 제대로 학생의 본분을 다할 수 있는 인간이라고 증명할 뿐. 원래부터 불량해지거나 그러진 않았으니까 그것만으로도 어느 정도 신뢰는 회복할 수 있지 않을까."

"뭐, 결국 할 일은 달라지지 않는단 말이지. 노력해서 내가 제대로 학생의 본분을 다할 수 있는 인간이라고 증명할 뿐. 원래부터 불량해지거나 그러진 않았으니까 그것만으로도 어느 정도 신뢰는 회복할 수 있지 않을까."

"다이키 씨도 정말 까다롭다고 할까, 뭐라고 할까."

얼핏 보기에 인간관계에서는 상당히 서투른 사람이라는 감상이 나오게 하는 것이 이츠키의 아버지이다. 확실히 단어를 고르는 방식과 감정을 표현하는 법에서 너무 실패했다는 느낌이 든다.

이츠키가 없을 때 이야기해 본 바로는 딱히 문제가 있는 사람이 아니므로, 아마 이츠키 한정으로만 실수하는 것이리라.

그렇다고 해서 아마네가 그걸 도와줄 수 있는 것도 아니다. 남의 집 부모 자식 관계에 끼어들어도 꼬이기만 하니까, 지켜보면서 피난처가 되어 주는 정도의 거리감이 최선이다.

"그 인간이 까다롭지 않은 적은 없었어. 뭘 생각하는지도 모르겠고. 일단 성실하게 하는 부분에는 불평하지 않게 된 걸 보니, 자기 딴에는 양보해 주는 거겠지. 오늘 건 잘 모르겠지만."

"어떻게 대할지 몰라서 가만히 있다는 것에 한 표."

"그것도 있을지 모르겠지만. 그래도 말이야."

"응?"

"뭐랄까, 왜…… 왜, 아버지라는 사람들은 이렇게…… 언어로 소통하는 걸 포기하는 거야? 등을 보고 깨달으라고? 바보야? 평소에 엮이지도 않는 인간이 그렇게 한가로운 짓을 할까? 사람과 대화할 때는 얼굴 보고 하라고 안 배웠어?"

"모, 모두가 그런 건 아니라고 생각하지만……."

"그야 그렇겠지만. 우리 아버지는 안 된다고. 왜 이해하길 바라면서 자기는 말을 안 하는 걸까. 알아서 눈치채라고? 그런 것도 모르냐고? 모르니까 나도 빡치는 거잖아?"

"진정해, 울분이 쌓인 건 알겠으니까."

상당히 울분이 쌓인 듯 목소리가 험악해져서, 달래면서 자리에서 일어나 뭔가 조금이라도 기분을 풀어줄 만한 것을 찾아 냉장고를 연다.

그동안에도 미묘하게 낮게 깔린 톤으로 끙끙대는 소리가 거실에서 들리니까, 고생이 많다며 본인에게는 달갑지 않게 몰래 동정하고, 화가 난 머리를 식혀 주고자 차가운 탄산수를 천천히 잔에 따르고 쟁반에 올려놓았다.

"아, 진짜 부글부글 끓네. 이럴 때 말이야, 정말 너희 부모님이 부러워. 자식이 하는 이야기를 들어주고, 다정하고, 조용히 지켜봐 주고."

"그렇게 말해주는 건 기쁘지만 말이야."

이어서 쟁반에 감자칩 봉투와 접시를 챙겨 거실로 돌아오자, 은근히 부러워하는 듯한 눈빛을 받았다.

"일단 말해두겠는데, 딱히 우리 부모님이 나한테 뭐든지 관대한 건 아니야. 혼낼 때는 평범하게 혼내니까."

식탁 쪽에 있던 물티슈를 좌식 테이블로 옮기면서 어깨를 으쓱한다.

이츠키가 생각하는 아마네의 부모님이 너무 미화된 건 아닐까? 아들로서는 그런 생각이 든다.

확실히 두 분은 아마네가 봤을 때도 자식을 존중해 주고, 아들 이전에 한 인간으로 대해 주는 인격자이며, 아들이 보기에도 훌륭한 사람이다.

그래도 역시 이츠키가 자기 아버지와 비교하는 나머지 너무 좋게 보는 게 아닐까 하는 생각도 든다.

"그렇게 말해도 넌 별로 혼나지 않잖아."

"사고를 안 친다는 점에선 그럴지도 모르지. 그래도 혼날 때는 있어……. 뭐, 이야기를 끝까지 들어준 다음에 혼내지만."

아마네의 부모님은 절대로 다짜고짜 질책하지 않는다.

어떤 행동에는 대체로 이유가 있기 마련이니, 그 이유를 듣지 않고서는 판단할 수 없다는 것으로, 물리적으로 위험이 발생하는 일을 했을 때가 아니면 처음에 이야기를 들어준다. 그 변명을 부모님이 받아들일지 어떨지는 별개지만.

감자칩을 접시에 내면서 과거를 떠올리지만, 역시 아마네는 부모님이 엄한 얼굴로 혼낸 기억은 없다. 그런 점에서는 너무 관대한 구석이 있는 거겠지.

"그 관대함과 냉정함의 10분의 1 정도를 우리 아버지한테 줘. 역시 손톱 좀 공수해 주면 안 될까? 몰래 차에 타서 먹이게."

"안 됩니다."

"췟."

아쉬워하는 눈치면서도 안 되는 것도 아니까 바로 물러서서 감자칩을 집어 먹는 이츠키. 그걸 보고 조금은 기분이 풀렸나 보다며 속으로 안도하며, 아마네는 앉은 자세를 바로잡는다.

"자, 떼쓰지 말고 공부나 해. 다이키 씨에게 본때를 보여줘야지."

"알아. 똑바로 하겠다고. 으악. 이거 하나도 기억 안 나는데."

"떠올려. 넉 달 전에 배운 거야."

"역시 반복하지 않으면 머릿속에서 사라지는구나……."

세계사 연표가 머릿속에서 쏙 빠진 듯한 이츠키가 슬픈 기색으로 납득하니까 다시 한번 주입하라며 옆에 두었던 가방에서 두꺼운 참고서를 눈앞에 내밀어 주자, 이츠키는 "너도 스파르타 스타일이구나."라며 원망하는 듯하면서도 조금 기쁜 눈치로 중얼거렸다.

한동안 묵묵히 참고서를 풀거나 서로 문제를 냈지만, 집중력이 유지되는 시간에는 한계가 있다. 그렇기에 한 시간 남짓 공

부한 다음 잠시 쉬자며 샤프펜을 책상 위에 굴렸다.

이츠키도 집중력이 떨어졌던 거겠지. "쉴까?" 하는 아마네의 말에 곧바로 찬동하며 기지개를 켠다.

부쩍 집중하는 바람에 몸도 뻣뻣해진 거겠지. 어깨를 돌려 몸을 푸는데, 얼굴에도 약간의 피로가 얹혀 있었다.

"엄청 집중했잖아."

"당연하지. 장래를 위한 거니까."

중간부터 집어 먹는 것보다 공부를 우선한 까닭에 아직 남은 감자칩을 아삭아삭 입에 넣는 이츠키가 어깨를 움츠린다.

이츠키의 입에서 '장래'라는 단어가 나오는데, 그 장래가 치토세와의 미래를 가리킨다는 건 알고 있다.

궁금한 것은, 그것이 어디까지를 목표로 하고 있는지다.

"이츠키는 장차 치토세와…… 저기, 어, 결혼까지 생각하는 거지?"

"안 그러면 내가 이렇게 반항하지 않았어."

예전부터 그렇게 말했으니까 물어보지 않아도 그럴 것 같았지만, 실제로 당당하게 선언한 걸 들으니까 왠지 낯부끄러운 기분이 들었다.

그리고 자신만이 아니라 이 친구도 진심으로 자기 연인을 장래의 반려로 본다며 일종의 안도감이 떠오른다.

일반적으로 고등학생이 평생의 파트너를 내다본다는 말은 코웃음으로 넘어가도 이상하지 않다. 미야모토는 이해해 주었지만, 기본적으로 고등학생의 연애는 젊은 시절의 경험으로 끝나는 법이며 그 끝을 내다보는 것은 아니라고 여겨지는 법이다.

"이츠키 넌, 치토세의 어디가 좋은 거야?"

문득 자연스럽게 입에서 나온 질문에 이츠키가 씩 웃는다.

"어? 뭐야, 아마네 군은 연애 이야기 듣고 싶어?"

"그, 그런 건 아니고. 나는 너희가 사귀던 시절을 모르니까. 지금은 알지만 예전 일은 모르잖아. 그런 이야기는 별로 못 들어서 그냥 물어본 거라고."

아마네는 고등학생이 되어 지금 지역으로 이사를 왔기에 이츠키와 치토세가 사귀기 전후의 일을 모른다. 첫 만남은 슬쩍 들은 적이 있지만, 두 사람 모두 자세히 이야기하려고 하지 않는다.

아마네도 호기심에서 비롯된 추궁은 두 사람에게 상처를 줄지도 모른다며 불필요하게 묻지 않았지만, 이츠키가 이토록 치토세와의 미래만을 추구하며 노력하는 모습을 보니, 진심으로 치토세를 좋아한다는 것을 실감했다.

그리고 이츠키가 치토세의 어떤 점을 사랑스럽다고 여기고, 미래를 함께 걷고 싶다고 생각했는지 궁금해진 것이다.

딱히 억지로 캐물을 생각은 없다며 손을 흔들었지만, 이츠키는 무례한 질문에 기분이 상한 기색은 없었다. 그저 아까는 피로가 느껴지던 표정이 순식간에 부드럽게 풀리고, 눈빛은 양지바른 곳을 바라보는 것처럼 따스하게 바뀌었다.

"그야 전부 좋아하거든? 얼굴도 몸도 성격도. 좋아하게 되면 당연히 전부 좋아지는 거야. 누구에게나 살가운 것도, 흥이 많고 생기발랄한 것도, 너무 신이 나면 뭔가 실수하는 덤벙이 기질도."

"눈을 떼면 미라클 쿠킹이 되는 것도?"

슬쩍 놀리자, 이츠키는 조금 난처한 듯한 미소를 짓는다.

"그건 그거대로 귀엽잖아."

"피해자가 늘어나지 않기를 간절히 빈다고, 나는."

"내 위장이 막을게."

"그 방벽이 뚫려서 나한테 직격타를 날리는데."

"아, 그쪽은 실드 안 쳤으니까."

"그건 네 몸으로 막으라고."

대체 왜 그러냐고 좌식 테이블 밑으로 가볍게 걷어차지만, 영향을 받은 기색은 하나도 없다.

"뭐, 나는 치이만 즐거우면 돼. 밝게 행동하는 것도, 감정이 풍부하게 표정이 휙휙 바뀌는 것도, 나는 좋아. 결국 전부 좋아하는 거고…… 게다가 우리는 닮은꼴의 공범자니까."

"뭐?"

"나도 치이도, 닮은꼴이라서 서로에게 끌린 걸지도 모른다는 거야."

한순간 들은 단어의 의미를 이해하지 못해 멈칫한 아마네에게 설명해 줄 생각이 조금도 없는 듯한 이츠키는 그저 잔잔한 미소만 띨 뿐이다.

"동정심도, 죄책감도, 어두운 기쁨도, 전부 다 삼키고, 역시 좋아한다고 생각했다는 거지. 계기는 순수하지 않았지만, 지금은 전부 통틀어 좋아한다고 생각하니까."

이츠키는 두 사람 사이에서 어떤 감정이 오갔는지 자세히 말하지 않았지만, 문제가 생기고도 서로를 선택했다는 건 분명하리라.

적어도 이츠키와 치토세가 서로 좋아한다는 건 틀림없다.

"뭐, 깊이 파고들진 않겠지만, 좋아한다면 괜찮지 않겠어? 서로 납득한 걸 테니, 내가 뭐라고 할 권리는 없어."

"그래. 우리에게는 우리 나름대로 애정의 형태가 있는 거지. 너희에게도 너희 나름대로 애정의 형태가 있으니까."

"그렇지……."

사랑을 표현하는 방식이나 사랑의 형태가 반드시 다른 사람과 일치하라는 법은 없다. 사람마다 각자의 관계성, 감정이 있다. 아마네와 마히루가 소중히 품은 것과 이츠키와 치토세가 소중히 품은 것이 같은 성질이라고는 할 수 없다.

하지만 같은지 아닌지는 아무래도 좋은 일이고, 중요한 것은 서로가 어떻게 생각하는지다. 남이 뭐라고 하든 두 사람끼리 납득할 수 있다면 그걸로 되는 것이다.

"내가 말하게 했으니까, 아마네 너도 말해줄 거지?"

"뭐? 왜 그렇게 되는데!"

"이야~ 말을 아끼지 않는 건 역시 중요하지! 자, 너도 시이나 양을 향한 사랑을 말해 보라고. 아주 듬뿍."

물티슈로 손을 닦으며 곁에 있던 스마트폰을 집어 든 이츠키가 아까 미소와는 전혀 분위기가 다른, 약간 능글맞은 느낌으로 실실 웃으며 아마네에게 들이댔다.

이츠키의 말이 이해가 안 가는 건 아니지만, 갑자기 사랑을 말하라는 말을 듣고 고지식하게 마히루를 향한 마음을 마음껏 입 밖으로 낼 수는 없다.

"사랑을 말하라니. 너 말이야."

"네 태도를 보면 시이나 양을 무지 좋아한다는 걸 알겠는데, 실제로 어떻게 생각하는지는 나한테 별로 말한 적 없잖아."

"오히려 왜 말해야 하는데. 애초에 어디가 좋은지는 예전에 말했잖아."

"정식으로 다시 한번 말해줘."

"정식은 무슨. 이 바보야."

"뭐가 어때서~. 역시 마음은 말로 표현하는 게 좋다고."

"난 마히루한테 직접 말하는 편이야. 태도만으로 알아줄 거라고는 생각하지 않으니까. 불안하게 만들고 싶지도 않고."

마음을 말로 표현해야 한다는 의견은 지당하다고 전면적으로 동의하지만, 그 말은 마히루 본인에게 해야 하리라.

"오오. 그런 점에선 성실하고 이성적이랄까, 여자의 불안을 잘 아시는구만."

"말을 아끼지 않아야 한다며?"

"하하. 그렇지."

"마히루는 내 마음을 의심하지 않는다고 생각하고, 나를 믿어주지만, 그것만 믿고 제멋대로 구는 인간이 되고 싶진 않으니까. 마히루를 위한 일이기도 하지만, 나 자신의 마음가짐 문제야……. 그런 성격인 걸 아니까 마히루도 나를 신뢰해 주는 거겠지만.”

아마네는 자신이 굳이 따지자면 말주변이 없다는 걸 안다. 그렇다고 해서 마음을 전하는 것을 소홀히 여기지는 않는다. 감사나 호의는 솔직하게 전하는 것이 서로 기분이 좋고, 마히루도 기뻐하니까, 되도록 직접 전하려고 하고 있다.

총명한 마히루는 말하지 않아도 아마네의 마음을 이해하겠지만, 그렇게 알아주기를 기대하고 먼저 행동을 취하지 않는 건 이기적인 데다 너무 유치하다는 생각마저 든다.

서로 눈치를 보며 타이밍을 재고 있었다고는 해도, 마히루가 고백할 계기를 만들어 준 덕분에 자신이 한심한 것을 뼈저리게 느끼고 있다.

사귀고 난 뒤로는 자기 의사를 확실히 전하고, 마히루가 불안해하지 않도록, 그야말로 말을 아끼지 않으려 하고 있다. 마음을 전하는 것만으로 마히루의 마음이 불안에 얽매이지 않고 평온하게 있을 수 있다면 그 수고를 아낄 이유도 없다.

그런 까닭에 그 부분을 걱정할 만한 관계는 아니라며 시선을 주자, 이츠키는 묘하게 감탄한 듯이 턱에 손을 얹고 끄덕이고 있다.

“시이나 양은 사람 보는 눈이 대단하단 말이지. 이렇게 솔직한 주제에 삐딱하고, 알기 쉬우면서 알기 어려운 녀석을 좋아하게 됐으니까.”

“야, 넌 사람을 그런 식으로 보고 있었냐.”

"냐하하, 실제로 처음 만났을 때는 좀 삐딱하게 굴면서 쿨한 척했잖아~?"

"그만해, 흑역사라고."

"진심으로 부끄러워해서 빵 터지네."

"너 진짜."

예전의 자신을 떠올리면 부끄러워서 몸부림치고 싶어질 정도로 이런저런 후회가 있지만, 이런 부끄러움이 있기에 그때의 아마네에게 말을 걸어 준 이츠키에 대한 고마움도 사무친다.

그건 그거고, 놀림당하는 건 죽어도 싫으니까 눈빛을 매섭게 해서 견제한다.

아마네의 시선을 보고도 이츠키는 기가 죽은 기색이 없이 그저 손을 팔랑팔랑 흔들고 있다.

"뭐, 내가 봤을 때는 내가 더 어지간히 흑역사랄까, 떠올리고 싶지 않은 놈이니까. 아마네 넌 시이나 양이랑 만나고 나서 꽤 많이 달라졌지."

"네 예언이 적중했다는 게 열받는데."

"너는 때가 되면 바뀔 거라는 그거 말이지? 그때부터 조금씩 변하고 있었어, 알아보기 힘들었을 뿐이지."

더 실실 웃는 바람에 다시 한번 다리를 걷어찼지만, 역시나 먹힌 기색은 없었다.

"짜증 나네." 하고 작게 중얼거리니 여유로운 미소로 받아치기에, 아마네는 뭐라 말할 수 없는 낯부끄러움을 달래고자 머리카락을 슬쩍 쓸어 올리고는 천천히 심호흡했다.

"달라질 수 있었던 건 마히루 덕분이고, 너희 덕분이기도 해. 감사하고 있어."

정면에서 이츠키에게 전하는 건 마히루에게 마음을 전하는 것과는 또 다른 느낌으로 부끄럽지만, 이번에는 똑바로 말해야겠지. 처음에 말을 아끼지 말아야 한다고 한 사람은 이츠키고, 아마네도 거기에 동의했다.

꾹, 하고 평소와 다르게 입술에 괜히 힘이 들어가지만, 실수로라도 평소 이츠키를 대할 때의 장난 섞인 말이 나오지 않도록 주의한다.

"오, 나를 솔직하게 칭찬하잖아."

"장난치지 마, 넌 그게 문제라고."

혀를 쏙 내밀고 웃는, 남자 고등학생이 하기에는 매우 무리가 있는 귀여운 척을 선보이는 바람에 아마네는 딴지도 그만두고 질색한 표정을 보여줬다.

분위기가 싸해진 것을 깨달은 듯한 이츠키는 "이럴 때는 장단을 못 맞춘다니까."라며 전혀 미안해하는 눈치도 없이 활기찬 태도로, 에어컨으로도 어쩔 수 없는 공기를 손으로 부쳐 휘젓고 있다.

"뭐, 그만큼 네가 시이나 양을 좋아한다는 증거인 거지. 안 그러면 달라지기 어려우니까. 에너지를 엄청 쓰고, 힘든 일도 있으니까. 사랑이네. 대단해."

그 말만 들었다면 놀리는 뉘앙스도 섞인 것 같지만, 이츠키의 표정에서 그런 감정은 느껴지지 않는다. 그저 온화하고 감정이 실린 말이었다.

달라지기를 바라는 이츠키는 달라지는 데 노력이 얼마나 많이 필요한지를 본인이 잘 알고 있다.

그만큼 순수한 칭찬이라서 아마네는 부정하지 못하고, 신음하면서도 받아들인다. 그리고 서서히 안쪽에서 올라오는 열기를 꾹 삼키기 위해 입술을 굳게 다물었다.

그 속마음을 꿰뚫어 본 듯 푸근한 눈빛인 이츠키를 견디지 못해 묵직하게 눈을 흘긴 아마네에게 웃음소리가 닿는다.

"새삼스럽게 묻는 거지만, 아마네는 시이나 양의 어떤 점이 좋은 거야?"

놀리는 게 아니라 확인하려는 의미가 강한 그 말에 아마네는 다물고 있던 입술을 천천히 열었다.

"전부."

"그건 나도 알아. 아니, 그건 딱 잘라 말하네."

"당연하지. 안 그러면 이렇게 쭉 곁에 있고 싶다고 생각하지 않아."

조금 전 이츠키도 비슷한 말을 했을 텐데, 이상하다는 듯이 웃는 이츠키를 힐끔 본다.

마히루의 좋은 점이 뭐냐는 말을 듣고 특별한 점을 들려고 해도, 전부가 사랑스러운 것이다. 물론 난처하다고 여기는 점은 있지만, 그걸 다 포함해서 전부 좋다는 결론에 이른다.

"항상 목표를 가지고 노력하는 점이 좋아. 아니 너무 무리하는 바람에 본인도 모르는 데서 지치는 건 좋지 않다고 생각하지만, 그건 내가 커버하고 지원하면 되고. 외로움을 잘 타지만 솔직해지지 못하고, 어리광 부리는 게 서툰 점도 귀여워서 좋아."

"완전 홀딱 반했잖아."

"네가 말하라고 했잖아. 관두는 수가 있어."

"미안, 미안……. 참고로 외모나 능력적인 면은? 너한테 그런 건 들은 적이 없는데."

"당연히 귀엽고, 마히루가 노력한 결실이라서 멋지다고 생각하지만, 그게 좋다는 게 아니라 그것도 좋은 거고, 마히루가 노력했다는 사실이 더 좋아지게 하잖아. 노력해서 자기 자신을 갈고닦을 수 있는 사람이니까. 존경해."

아마네가 보면 일반적으로 마히루가 평가받는 부분도 좋은 점이긴 하지만, 그런 것보다 그 삶의 방식에, 마음가짐에, 더 깊은 호감이 간다.

"생각해 보면, 난 마히루의 바탕이 좋은 거구나 싶어."

"바탕?"

"그래. 마히루의 외모나 노력이나 나를 향한 마음을 드러내는 법이나, 그런 것도 좋아하지만 말이야. 난 마히루가 대수롭지 않은 순간에서 행복을 찾아내는 점이 좋고, 같이 있으면서 아무것도 안 해도 마음이 편안하다고 느껴지는 분위기도 좋고, 같이 무언가를 했을 때 서로 기뻐할 수 있다는 점도 좋아. 실수했을 때도 실수했다고 함께 웃을 수 있는 점도 좋고, 서로가 노력을 인정해 줄 수 있는 점도 좋아. 함께 같은 풍경을 보고 가자며 손잡을 수 있는 점이 좋아. 서로 다른 것을 받아들일 수 있는 마음가짐이 좋아."

아마네가 기본적으로 딱히 큰 욕심이 없는 인간이라서 그렇기도 하지만, 곁에 있는 것만으로 행복을 느끼고, 일상의 사소한 좋은 일로 함께 기뻐할 수 있다는 건 굉장히 행복한 일 아닐까.

함께하는 일상을 소중하게, 사랑스럽게 여기며 지낼 수 있는 상대를 얼마나 얻기 힘든지, 지금까지의 교우 관계가 적은 아마네도 잘 알고 있었다.

마히루는 작은 행복을 느끼면서 하루하루를 평온하게 보낼 수 있다고 확신할 수 있는 상대다.

하나의 달걀에서 두 개의 노른자가 나왔을 때 뜻밖의 행운을 함께 기뻐하며 나눌 수 있는, 그런 상대를 만난 것 자체가 행운이라고 단언해도 좋을 것이다. 사랑스럽지 않을 리가 없다.

"함께 지내고, 꾸미지 않은 본모습을 보고, 자연스럽게 있을 수 있고, 괜히 의식할 것 없이 평온하게 지낼 수 있는…… 밑바탕이 같다는 게 제법 큰 요소라고 봐. 좋아하게 되는 게 당연하달까."

이 사람과 앞으로 살아가고 싶다고 생각한 게 마히루를 더없이 사랑한다는 증거이리라.

"지금 말한 것들을 토대로 곁에 있고 싶고, 가장 행복해지길 바라고, 행복하게 해주고 싶다고 진심으로 생각할 수 있는 상대니까……. 그걸 좋아하는 점으로 대답하면 이상할까?"

좋아하는 점을 꼽는 게 아니라, 그런 사람이니까 좋아하게 되었다. 원했던 대답은 아니겠지만 거짓 없는 본심을 입에 담다가, 이츠키가 진지한 표정으로 아마네의 진심 고백을 받아들이고 있는 것을 뒤늦게 깨닫고 뺨이 확 뜨거워진다.

확실히 친구에게 말하기엔 너무 뜨거웠다. 성대하게 놀리거나 기겁하거나 둘 중 하나일 거라고 예상했는데, 그 예상과 달리 이츠키는 납득했다고 해도 좋을 표정만 보인다.

"정말 사랑이네. 시이나 양한테 들려주고 싶은걸."

"방금 그걸 다시 말하는 건 너무 부끄러워서 무리인데. 너도 잊어."

"싫은데요~."

어떻게 해야 방금 주고받은 말을 이츠키의 머릿속에서 지울 수 있을지 입가를 실룩거리며 빨리 잊으라고 자꾸 시선을 보내는 아마네지만, 이츠키는 "째려보지 마, 째려보지 마."라며 가볍게 웃는다.

"여담이지만, 시이나 양이 들어도 문제는 없을 것 같은데?"

"들어도 상관없지만, 듣고 말고를 떠나서 다시는 이렇게까지 말 안 하네요. 애초에 마히루한테는 항상 좋아한다고 잘 말하고 있습니다요."

"흐응?"

"자꾸 히죽거리지 마."

"그래그래. 미안하대도."

더 놀리면 화낼 거라고 눈빛으로 호소하자, 이츠키도 아마네가 진심인 걸 아는 듯 별로 마음이 담기지 않은 사과를 입에 담으며 스마트폰을 만지작거리고 있다.

이 녀석은 건성으로 듣고 있구나 싶어서 더욱 눈을 흘겨도 여전히 태연자약하다.

"그래서? 그 사랑을 증명하려고 계속 노력하고 있다 이거야?"

"불만 있냐……."

"아니, 일편단심으로 한눈팔지 않고 매진할 수 있는 점을 정말 존경하고 있어. 나한테는 없었던 심지가 너한테는 있으니까."

"왜 '없었다' 고 단정하는데 너는 '있고', 끝까지 '해내는' 녀석이잖아."

이츠키는 아마네를 보고 자주 비굴하다 비굴하다 그러지만, 이 남자도 어지간하다.

아마네가 아는 이츠키는 능청맞고 가벼운 구석도 있지만, 결코 무모하거나 무계획하거나 무기력하지 않다. 한 번 하겠다고 결심하면 하는 인간이고, 실천할 수 있는 능력과 행동력도 있다. 하겠다고 각오했을 때의 행동력과 의지는 눈이 휘둥그레질 정도다.

자기 자신을 나쁜 의미로 몹시 과소평가하고 있는 사람은 오히려 이츠키일 것이다.

왜 그런 부분에서는 자신을 올바르게 객관적으로 보지 못하는 건지……라는 생각에 자학해서 자신감에 상처를 입히려고 하는 이츠키를 어이없다는 기색도 감추지 않고 쳐다보자, 이츠키는 어안이 벙벙한 얼굴.

아마네로서는 이런 데서 놀라는 반응을 보여도 곤란하지만, 정말로 본인은 몰랐던 걸까?

"얼굴이 왜 그래. 넌 그런 부분에서 우직하고 똑 부러졌잖아."

"그 신뢰에는 보답하고 싶은걸."

"해줄 거잖아?"

"물론이지."

"그럼 됐어."

조금 전에 있었던 완만한 자학을 멈추고, 조금 흔들리던 눈도 지금은 확실한 의지를 담아서 아마네를 바라보는 것을 확인했다.

"자, 손이 멈췄고 머리 회전도 멈췄으니까 그만 떠들고 얼른 하자고."

너무 길게 이야기하는 바람에 다시 시계를 확인해 보니, 상정했던 휴식 시간보다 꽤 오래 수다를 떨었다.

마히루를 향한 마음을 재확인한 건 좋지만, 이츠키에게 이만큼 말한 건 예상 밖이다 보니 아직 가슴속 깊은 곳에서 수치심이 살짝 몸부림치고 있다. 그래도 입 밖에 낸 것은 본심이며, 철회할 생각도 없다.

오늘 저녁은 집에 있는 아마네가 담당하니까, 자꾸 잡담하다간 공부할 시간이 순식간에 없어진다.

빨리 재개하자며 아마네 쪽으로 굴러와 있던 샤프를 이츠키 쪽으로 굴려서 돌려주자, 이츠키가 이상하다는 듯이 웃었다.

"아잉, 스파르타."

"너한테는 이 정도가 딱 좋아."

"너무한 놈이네."

부드럽게 따지던 이츠키가 어깨를 떨며 웃는 것을 보고, 아마네도 남몰래 안도하며 자신의 샤프를 쥐었다.

제8화 화이트데이 예약

대학 입시 시험의 연습전인 지옥의 학년말 고사가 끝난 것도 있어서, 아마네와 마히루도 몇 주 전의 느긋한 분위기로 돌아왔다. 짊어지고 있던 의무가 없어진 때의 해방감은 여유롭게 시험에 임한 두 사람에게도 당연히 있다.

보름 정도 식사와 뒷정리가 끝나면 공부하는 것을 반복하다 보니, 이렇게 저녁 식사를 다 마친 다음 식탁에 앉은 채 느긋하게 수다를 떨 수 있는 상태로 진정되어 안도하고 있었다.

잠깐의 휴식인 건 알지만, 시험이 끝난 안도감과 성취감으로 가득 찬 지금 정도는 느긋하게 지내도 괜찮으리라.

풀어진 분위기에 몸을 맡기고 있는 마히루의 맞은편에 앉은 아마네는 스마트폰에 표시된 달력을 슬쩍 본다.

벌써 2월 말이 되었고, 화이트데이도 서서히 다가오고 있다.

마히루에게는 화이트데이 이야기를 아직 안 했다.

일찌감치 말할까도 생각했지만, 학년말 고사 준비에 힘쓰던 단계에서 입 밖에 내면 마히루의 집중력에 영향을 줄 가능성이 생긴다.

시험의 보상이라며 더욱더 성실하게 임할 가능성과 그쪽에 정신이 팔려 집중력이 흐트러질 가능성. 어느 쪽도 예상할 수 있었기에 아마네는 다 끝날 때까지 숨기는 선택을 했다.

물론 마히루가 공부를 소홀히 할 것으로 생각하진 않고, 평소 행실로 보아 문제는 없을 것 같았다. 그래도 불안 요소를 늘릴 필요는 없다고 생각했기에 일부러 말하지 않고 있었는데, 슬슬 때가 되었다.

"마히루, 지금 잠깐 시간 좀 내줄래?"

적당히 배도 채우고 기분 좋게 쉬고 있는 마히루에게 일어서면서 말을 걸자, 의아한 기색으로 아마네를 올려다본다.

"아, 괜찮지만 잠깐만 기다려 주세요. 남긴 미트 소스를 냉장고에 넣고 싶어서요."

"내가 하는 김에 해둘게. 마히루는 소파에서 쉬고 있어도 되니까. 항상 고마워."

아르바이트 근무가 없는 날은 아마네가 담당하는 경우가 많다고는 해도 근무가 있는 날은 저녁 준비를 마히루에게 맡길 수밖에 없으니, 이럴 때는 아마네가 뒷정리까지 잘 챙겨야 할 것이다.

항상 애써 주는 마히루를 쉬게 하고 싶어서 뭐라 말하기도 전에 마히루의 식기까지 같이 부엌으로 옮긴다. 그런 아마네에게 카운터 너머로 마히루의 불만스러운 눈초리가 향한다.

"아이참. 일거리를 빼앗겼어요."

"내가 알바를 시작하고 나서 마히루의 부담이 늘었으니까 이 정도는 하고 싶어. 마히루는 편하게 있어도 되니까."

“볼일이 있는 건 아마네 군 아닌가요?”

“차분하게 이야기하고 싶으니까.”

할 일을 남긴 채 중요한 이야기를 하는 건 마음이 편하지 않고, 마히루도 머릿속 한구석에 걸릴 테니까 후딱 끝내 버리자는 속셈이다.

다행히 설거지도 남은 저녁 반찬 정리도 금방 끝날 일이니까 10분이면 마히루와 이야기할 태세를 갖출 수 있을 것이다.

재빨리 해치울 생각이었는데, 아마네가 제지했던 마히루는 살짝 기막히다는 얼굴로 말릴 틈도 없이 부엌으로 들어와 옆에 선다.

‘정말 못 말려요.’ 라고 말하려는 듯한 표정으로, 그러면서도 기쁜 기색을 내비치며.

“그렇다면 더더욱 같이 해서 빨리 끝내는 게 좋겠죠. 저는 먼저 남은 걸 용기에 옮길 테니까 아마네 군은 설거지해 주세요.”

아마네보다 척척 익숙한 동작으로 내일 이후의 식사가 될 것들을 용기에 옮겨 담는 마히루. 그걸 본 아마네는 작게 웃었다.

“고마워…….”

“그건 제가 할 말인데요…….”

귀엽게 어깨로 살짝 부딪히며 푸념하는 마히루에게 아마네도 표정을 부드럽게 풀며 똑같이, 아니 그보다 더 살짝 부딪히는 것을 유념하며 딱 달라붙고, 접시에 들러붙은 미트 소스를 스크래퍼로 닦아냈다.

마히루의 말대로 혼자서 하는 것보다 둘이서 하는 편이 빨리 끝나서, 아마네와 마히루는 거실로 돌아와 느긋하게 소파에 앉았다. 이것만큼은 하게 해달라며 아마네가 마히루가 좋아하는 홍차를 끓였기에, 마히루는 아마네에게 착 달라붙어 컵에 후후 입김을 불고 있다.

아마네도 자신이 마실 우유 넣은 커피의 향을 천천히 맡으며 마히루가 차분해지길 기다렸다.

"그래서, 무슨 일이죠?"

마히루의 홍차에서 김이 거의 올라오지 않게 되었을 무렵, 마히루는 컵을 좌식 테이블에 놓고 아마네를 올려다봤다.

이렇게 대놓고 물어보면 왠지 낯간지럽지만, 정면에서 물어본 말에 뜸을 들이긴 미안하니까 바로 옆에 있던 작은 손바닥에 손을 뻗는다.

살짝 쥐여 있던 손을 건드리자, 아무런 저항도 없이 아마네의 손가락이 살결을 어루만지는 것을 기꺼이 받아들인다.

"뭐죠? 무슨 안 좋은 일이라도 있었나요?"

"아니, 그런 건 아니고…… 굳이 말하자면 마히루에겐 좋은 일이라고 생각해."

느슨하게 손가락을 엮었을 때 그런 말을 들었으니, 미안함에서 도망치려고 만지는 거냐며 심각하게 오해한 듯하다.

"어흠." 하고 헛기침을 한 번 하자, 포용력이 있고 달콤하면서 부드러운 마히루의 표정이 눈을 깜빡깜빡하며 신기해하는, 앳된 티가 나는 표정으로 바뀐다.

"마히루는, 밸런타인데이 때 내 취향을 물어봤잖아?"

"그래요. 가장 기뻐해 주길 바란 거니까요."

"그러니까 나도 똑같이 마히루가 기뻐해 주길 바라는 건데 말입니다."

"즉, 화이트데이 보답에 관해서 묻고 싶은 건가요?"

"마히루의 눈치가 너무 빨라."

뜸을 들이는 아마네도 어지간하지만, 그 의도를 즉시 알아채는 마히루도 참 대단하다.

"서론이 먼저 나오면 당연히 알죠. 저와 아마네 군 사이잖아요?"

환하게 생긋 웃고 아마네의 손을 잡는 마히루. 역시 당해낼 수 없다고 아마네도 웃는다.

"그래서 말인데. 마히루는 내가 물어볼 거라고 예상한 거겠지만, 그게 아니고…… 저기, 나는, 이미 화이트데이 어떻게 보답할지 정했어."

"어머, 아까와 이야기가 다르네요. 그렇다면 어째서 굳이 말하러 온 거죠?"

"정확히는, 그 보답에 관해서 물어보고 싶다고 할까. 난 마히루 생일 때도 서프라이즈가 너무 심하면 좋지 않다고 생각해서 준비하고 있다는 얘기는 미리 했잖아?"

"그랬죠."

서프라이즈가 반드시 기쁨을 주는 건 아니다. 굳이 따지자면 준비하는 쪽의 자기만족 측면이 강하고, 상황에 따라서는 기쁘게 해주고 싶은 상대에게 불쾌감을 줄 수도 있다.

마히루의 생일 때는 마히루가 과거 생일에 대해 좋은 기억이 없다는 사실을 알고 있었으므로, 먼저 허락을 받은 후에 어떻게 축하해 줄지 정했고, 마히루를 안심시키는 일에 주력했다.

"그러니까 이번에도 오해라든가 그런 게 없도록 잘 말해두려고. 내가 마히루에게 보답할 때 기분이 상하면 나도 싫으니까."

"그랬군요. 배려해 줘서 고마워요. 하지만 저는 잘 이해하고 있고, 걱정하지 않아도 아마네 군이 저를 생각해 준 일이라면 대체로 뭐든 기쁠 거예요."

"마히루는 내가 하는 거라면 뭐든 기뻐할 것 같아서 고민하는 거라고."

예상대로이긴 했지만, 실제로 말하고 보면 보답을 준비하는 사람으로선 정말 이걸로 괜찮을지 고민거리가 된다.

"왜냐하면 실제로 그렇거든요. 아마네 군이 저를 생각하며 고민 끝에 마련한 보답이라는 사실 자체가 기쁘니까요."

"그건 난이도가 더 올라가거든? 대충 한 거라면 고민한 끝에 그런 걸 했냐고 생각할 거잖아."

"대충 할 건가요?"

"그럴 리가. 마히루를 잘 생각해서, 나도 최대한 기뻐해 줄 보답을 할 겁니다."

대체로 뭐든 기뻐한다는 건 안다. 그걸 고려해서 마히루의 마음에 드는 보답을 하고 싶다는 의미로 아마네는 화이트데이에 어떻게 보답할지 정한 것이다.

다만 아마네는 그걸 입 밖에 내는 것이 다소 쑥스럽다는 단점이 있지만.

"아…… 그게, 말이지."

"네."

"괜찮다면, 말인데. 화이트데이에, 내가 일하는 데 부르고 싶거든."

"어……."

마히루의 움직임이 딱 멈췄다.

온화하게 아마네의 말을 기다리던 표정 그대로. 다만 동공이 한껏 커졌다.

"아니 그게, 마히루도 줄곧 보고 싶어 했잖아? 자꾸 나중에 하자고 했는데, 이젠 제법 익숙해졌고, 선배들도 보증해 주니까, 슬슬 괜찮을 것 같거든. 아무리 그래도 가게를 통째로 빌린다든가, 마히루 곁에만 붙어 있진 못하겠지만, 그래도 괜찮다면."

"괜찮은 건가요?! 정말로?!"

굳어 있던 마히루가 움직이기 시작한 건 생각보다 빨랐다.

꼭 잡고 있던 손을 아프지 않을 정도로 세게 쥐고, 상기된 뺨과 기대로 가득한 눈빛을 아마네에게 향한 마히루가 불쑥 얼굴을 가까이 들이민다.

정숙했던 미소가 순식간에 어린아이 같은 웃음으로 확 바뀌는 바람에 저절로 웃음이 흘러나오지만, 이건 어이없다는 뜻이 아니라 흐뭇하고, 사랑스러우며 치유된다는 의미가 강하다.

학교에서는 좀처럼 보이지 않는 순진무구한 웃음을 한껏 보여주니까, 아마네도 이거라면 기뻐해 줄 것 같다며 안심한다.

"반응이 엄청나게 좋은걸."

"그야 당연하죠. 아마네 군의 멋진 모습을 보고 싶은 걸 쭉 참았는걸요."

"멋질지 어떨지는 논란의 여지가 있다고 치자고."

"저에게는 멋져요."

그 부분은 양보할 마음이 없는 거겠지. 똑바로 올려다보니까 아마네는 어깨를 슬쩍 으쓱했다.

"마히루에게 멋진 모습을 보여주려고. 그토록 노력해 준 초콜릿의 보답으론 조금 부족할까 싶긴 했지만, 내가 생각할 수 있는 선에선 마히루가 가장 기뻐해 줄 것 같은 것이 이거랄까. 안 될까?"

"안 될 리가 있나요. 기대하고 있었는걸요."

"다행이다."

말뿐만이 아니라 표정이나 몸짓에서도 마히루가 매우 들떴고 기대에 가슴이 부풀어 있다는 것을 엿볼 수 있다.

예고만으로 이토록 기뻐해 주면 실제로 가게에 왔을 때 흥분하지는 않을까 하고 조금 불안하지만, 마히루라면 공공장소에서 들뜨거나 흥분해서 날뛰는 일은 없을 것이다. 마음속이 어떨지는 일단 무시하고.

콧노래라도 부를 것처럼 들뜬 기분이 드러난 마히루를 보고, 아마네로서는 이토록 기대해 주니까 조금 부담스러울 것 같기도 했다.

다만 그만큼 마히루의 기대에 부응할 수 있도록 노력해야 한다고 등을 떠밀어 주는 것 같기도 하니, 지금은 마히루의 기쁨을 지켜볼 뿐이다.

"그날은 일찍 퇴근하기로 했으니까 마히루에게 똑바로 일하는 모습을 보여줘서 안심하게 하고, 퇴근 후에는 잠깐 딴 데 들를까."

"딴 데 들러요……?"

"일하는 가게 근처에 편집숍이 몇 군데 있어. 조리 기구나 식기 같은 식품 관련 물건을 두는 가게가 있으니까 거기를 같이 구경하러 가는 건 어떨까? 커팅 보드를 새로 장만하기로 했었잖아, 같이 사러 갈까. 분위기가 없어서 미안하지만."

연초에 아침 일찍부터 문을 여는 빵집이 근처에 생겨서 쉬는 날 아침 일찍 같이 외출해 아침때 먹을 것을 사러 가기도 하고, 바빠서 도시락을 쌀 시간도 아쉬울 때는 점심 끼니용으로 사기도 한다.

아마네도 마히루도 아침은 쌀밥파이긴 하지만 빵도 좋아하므로, 아침 식사로 갓 구운 빵을 즐기는 일도 늘었다.

식빵 한 덩어리를 통째로 살 때도 있다 보니 커팅 보드가 나설 일이 있었는데, 요전번에 아마네가 실수해서 마히루가 가져온 커팅 보드를 많이 훼손했다.

일반적으로 사용해서는 절대로 안 생길 상처가 났는데, 사용할 수 없는 건 아니지만, 마히루가 시무룩해진 건 사실이다.

진심으로 사과한 아마네가 새것을 선물하려고 생각했지만,

어차피 둘이 같이 쓰는 물건이니까 취향에 맞는 것을 고르러 가자는 발상이었다.

"안 될까?"

보답으론 약하지 않을까, 또는 보답으로 어울리지 않는 게 아닐까 하고 살짝 불안했지만, 마히루가 황갈색 머리카락을 느릿느릿 물결치게 하며 고개를 흔든 덕분에 불안이 사라진다.

"아뇨, 너무 기뻐서 싱글벙글하고 있어요."

"나는 보답이 될지 어떨지 불안했거든. 일상의 연장선 같기도 하니까 괜찮을까 싶어서."

"저는 그 일상이 무엇보다 사랑스러워요. 게다가 아마네 군은 제가 기뻐할 거라고 생각해서 제안한 거죠?"

"당연하지. 불안은 있지만, 그건 마히루가 정말 기뻐할지가 불안했던 게 아니라, 그토록 애써 만들어 준 초콜릿의 보답이 될지 어떨지 불안했던 거니까."

"그렇다면 안심해도 되겠네요. 저는 듣기만 했는데도 가슴이 뛰어요."

"그건 분위기만 봐도 알겠어."

아까부터 들뜬다는 표현이 매우 잘 어울리는, 배경에 꽃이나 음표라도 흩날릴 것 같을 정도로 기쁜 모습을 보여주고 있으므로, 빈말이라고 의심할 여지는 조금도 없다.

"오래 기다리게 해서 미안합니다."

"기다렸거든요? 하지만 아마네 군의 마음도 이해하니까 탓할 순 없어요. 저도 어설픈 차림으로 아마네 군과 대면하긴 싫고,

보여줄 거라면 예쁜 모습이고 싶으니까요."

타고난 기질인지 마히루는 자기 자신을 다스리는 자제심이 강하다.

마히루는 아마네를 상대로도 느슨해진 모습을 잘 보여주지 않는다. 기본적으로 몸단장을 하고, 올바른 자세로 차분한 모습밖에 보여주지 않는다. 아마네는 친한 사람이라면 괜찮을 거라며 제법 흐트러진 모습을 보여주는 편이지만.

남의 집이라는 의식이 강한 탓도 있어 단정하게 있는 마히루가 조금은 아쉽기도 하다.

(같이 살기 시작하면, 마히루가 느슨해진 모습을 볼 기회가 조금은 늘어날까?)

그렇게 생각하니 앞으로가 기대되기 시작한다.

"마히루는 옷이 쭈글쭈글하고 머리가 헝클어져서 흐물흐물하게 풀어진 모습도 귀엽지만. 아니, 귀여웠어."

"다음부터는 아마네 군보다 일찍 일어나야겠어요. 지금 반반인데."

"어? 싫어. 가끔 있는 내 즐거움을 빼앗기잖아. 어떻게든 마히루를 푹 자게 해야겠네."

"그 흉계는 그만하세요."

정말로 아주 드물게 마히루가 보이는 방심한 모습. 아니, 긴장이 풀려 무방비한 모습은 정말 사랑스러워서, 그걸 볼 수 없게 되는 것은 엄청난 손실이다.

어떻게든 볼 수 있는 방법을 늘려야 한다며 진심으로 획책하는 걸 본 마히루가 뺨을 붉히면서 빈손으로 아마네의 허벅지를 찰싹찰싹 때렸다.

"아무튼, 저기, 내가 특별 대우할 순 없지만, 일하는 가게엔 미리 말해뒀으니까…… 적당히 기대해 줘. 적당히."

"미리 들으면 쭉 안절부절못할 텐데요."

이 반응으로 보아 우려가 적중했던 듯하니 시험 전에 말하지 않길 잘했다고 안도하면서, 실제로 차분하지 않은 마히루의 등을 쓰다듬는다.

"미안해. 그래도 이런 건 꼭 말해두고 싶어서. 일정까지 딱 맞추고 싶었거든."

"탓하는 건 아니에요. 기대된다는 거죠."

"그렇게 보고 싶구나……?"

"물론이죠. 꼭 보고 싶어요."

말 하나하나에 진심이 드러난 마히루를 보니, 사랑받고 있다는 실감과 혹시 너무 과하게 기대하는 건 아닐까 하는 불안이 가슴속에서 뒤섞이는 것을 느꼈다.

"혹시 사진은 괜찮을까요?"

"오너한테 물어볼게……."

일단 가게 안에선 제공된 상품이나 인테리어에 한해서 허가하고 있는데, 점원을 찍는 행위는 금지하고 있다.

본인이 허락하면 괜찮을 수도 있지만, 다른 손님이 따라 하면 곤란하다. 그러니 후미카에게 판단을 구하는 게 좋을 것이다. 촬영이 안 될 것 같다면 유니폼 차림만 뒤에서 몰래 찍어달라는 정도로 후미카에게 부탁하는 게 나을 듯하다.

"싫어하지 않네요."

"기다리게 했고, 그게, 잠시라도 마히루가 행복해질 수 있다면야."

"후후. 기대하고 있을게요. 안 되더라도 괜찮으니까요."

조금이라도 마히루의 즐거움이 늘어난다면 아마네도 반대할 생각이 없다. 마히루의 소원을 최대한 들어주고 싶어진다.

다음 근무 때 직접 물어보자고 아마네는 다짐했다. 후미카가 마히루에 대해 물어볼 것을 전제로.

"맞다. 저기, 화이트데이 날은, 옷을 한 번 갈아입고 나서 가도 될까요?"

"상관없는데, 무슨 일 있어?"

"아뇨. 아마네 군이 일하는 데 가는 거니까 단정하게 차려입고 싶어서요."

"꼭 그러진 않아도……. 손님으로서 보러 오는 거잖아."

"제 마음의 문제니까요! 게다가 저기, 아마네 군의 동료 여러분도 계시잖아요?"

"그건 그렇지."

"그렇다면 인사를 드려야죠. 그때 그, 아마네 군에게 부끄럽지 않은 모습으로 있고 싶다고 할까요."

카페에서 일하고 있고, 1인 점포 운영이 거의 없는 직장이니, 같이 일하는 사람들은 있다. 아직 평일 오전 시간대 근무조와는 만나지 못해서 이름만 아는 상태지만, 일단 어지간한 사람과는 면식이 있다.

여자친구가 있다는 이야기도 했으므로, 마히루를 소개하면 '아, 그 여친?' 으로 반응할 게 뻔하다.

"그분들께 당당하게 여자친구로 소개받고 싶기도 하니까, 잘 차려입어야 해요. 그리고 다음에 외출할 거니까, 역시 멋을 부리고 싶어요."

"그러면 나도 옷을 챙겨가야겠네. 마히루가 멋을 부리니까, 옆에 유니폼 차림으로 서긴 싫고."

마히루가 그렇게 하고 싶다면 말리기 뭐하다. 그리고 듣고 보니 가게 유니폼 차림으로 돌아다니는 것은 별로 좋지 않으므로 사복으로 갈아입는 게 낫다는 말은 수긍이 간다.

게다가 이 분위기라면 마히루가 철저하게 멋을 낼 것으로 예상할 수 있다. 그렇다면 아마네도 딱 맞추는 게 서로 기분이 좋을 것이다. 그리고 마히루도 아마네가 잘 차려입는 것을 보면 좋아하니까 일종의 보답이 될지도 모른다.

나중에 옷장에서 당일 입을 옷을 고르자고 결심하며 머릿속으로 화이트데이 일정을 짜는 아마네에게, 마히루는 수줍게 배시시 웃고.

"약속 장소를 정하고 만나러 가는 데이트 같네요."

"실제로 데이트라고 생각하는데. 시간 문제로 오래 있지는 못할 것 같아서 미안하지만."

데이트인지 아닌지 하면 데이트가 맞지만, 가는 곳이 일하는 장소와 편집숍이라는 점에서 센스가 영 별로라며 이츠키나 치토세가 딴지를 걸 듯하다.

"저는 오래 있는 시간도 소중하지만, 그것보다 밀도가 더 중요하고, 아마네 군과 함께 있기만 해도 얼마든지 만족할 수 있어요."

"고마운 말이네. 나는 더 오래 데이트하고 싶은데."

"그러면 다른 날에 다시 데이트를 신청해 주세요. 집에서 같이 가는 것도 좋지만, 약속 장소에서 만나는 것도, 즐거워요."

요새는 아르바이트에 시험공부로 둘이서 외출을 즐길 여유가 없었지만, 시험도 끝나고 화이트데이 준비도 어느 정도 끝난 지금이라면 여유가 많이 생기리라.

봄 방학에도 일할 예정이긴 하지만, 근무표를 전부 채울 생각은 없다. 마히루와 하루 종일 함께 지내는 날을 만드는 건 아마네도 바라는 바이다.

"그러면 하루 쉬는 날에 외출하자. 개인적으로 화이트데이 보답으론 한참 부족하기도 하고."

"그렇진 않지만…… 그래도 외출은 기뻐요. 기대되네요."

"그렇지. 뭐…… 우선 내가 제대로 그럴싸하게 보이도록 노력하겠습니다."

"기대할게요. 후후."

정말로 기대할 듯한 마히루를 보고 화이트데이 당일 더욱 힘내자고 결심한 아마네는 아까보다 더 따뜻해진 마히루의 손을 다시 잡았다.

다음 날, 아르바이트 관련으로 할 이야기가 있는 아마네가 점심시간에 소우지가 있을 만한 옥상 앞 층계참이 있는 계단으로 가자, 소우지만이 아니라 아야카도 있었다.

다른 여학생들과 같이 밥을 먹을 때도 있지만, 오늘은 소우지가 있는 데서 먹는지 친절하게 자리를 깔고서 도시락을 까고 있었다.

아야카도 관계자이기도 하니까 소우지에게 아르바이트 관련 용건을 이야기하는 김에 화이트데이 이야기를 했더니, 아야카는 싱글벙글 기쁜 듯 손뼉을 쳤다.

"헤에, 그럼 드디어 후지미야 군이 시이나 양에게 공개하는 거네."

"오래 기다리게 한 건 나도 알아."

"후후. 시이나 양은 줄곧 안절부절못했고, 가끔 부러운 눈치로 이쪽을 보니까."

"부러운 눈치로? 내가 있을 때 키도는 오지 않았잖아?"

익숙하지 않은 모습을 보이고 싶지 않아서 이츠키나 치토세에겐 일하는 데 오지 말라고 단단히 일러두었지만, 아야카에게는 소개받은 사정도 있고 보이더라도 어쩔 수 없다며 아무 말도 하지 않았는데, 예상과 달리 아야카는 일하는 아마네 앞에 나타나는 일은 없었다.

아마네의 얼굴에 의문이 그대로 드러났는지, 아야카는 "그야 내가 먼저 보면 시이나 양한테 미안하잖아."라며 쓴웃음을 지어 보였다.

"후지미야 군의 근무시간이 잡혔을 때는 안 갔지만, 소우짱만 있을 때는 그냥 놀러, 아니 손님으로 가곤 했어. 그게 부러웠던 거 아닐까?"

"이토마키 오너가 없을 때를 가늠해서 왔었지."

마히루를 배려했다는 말도 거짓은 아니겠지만, 이쪽이 주된 이유로 보인다.

"그야 이모님이 나를 챙기려고 하는걸. 난 그냥 소우짱이 일하는 걸 보러 간 건데, 오너가 직접 상대하는 건 곤란하달까."

아야카 왈, 싫은 건 아니지만 귀여워하며 뭐든 보살펴 주려는 점이 거북해서 적극적으로 접근하지 않는다고 한다.

"내가 일하는 걸 보고 싶은 거야, 아니면 내 근육이 움직이는 걸 보고 싶은 거야?"

"음~ 둘 다?"

"욕심쟁이네……."

"그치만 소우짱을 보고 싶은 거니까 뭐든 상관없잖아?"

"그건 그렇지만……."

밝고 장난스럽게 생긋 웃는 아야카에게 더는 아무 말도 할 수 없게 된 듯이 입술을 일자로 꾹 다문 소우지. 아마네는 앞에서 직설적으로 말하면 꼼짝 못 한다는, 소우지의 새로운 사실을 발견했다.

비교적 담담한 성격인 소우지도 아야카에 대한 마음만은 확실한 듯 수줍어할 때도 있다는 것을 잘 알게 되어서, 훈훈함과 친근함을 이전보다 더 느낀다.

"잘 먹었습니다."

"후지미야."

"가끔은 나도 이쪽 위치에 서고 싶으니까."

"후지미야 군은 시이나 양을 못 이겨서 항상 수줍어하니까, 완전 좋아 죽고."

"키도 넌 조용히 있어……."

"네~."

후지미야 군이 소우짱 편이 되면 곤란하다. 그렇게 웃으면서 순순히 물러나는 것을 보고, 나중에 있을 소우지의 복수에 협력할지 생각하며 아야카가 권하는 자리 구석에 털썩 앉았다.

"그래서 말인데, 근무표도 봤지만 후지미야는 화이트데이에 출근한다는 걸 알았어. 이걸로 드디어 시이나 양도 차분하게 있을 수 있겠네."

"뭐, 쭉 참게 했으니까."

본인은 얼굴에 잘 드러내지 않으려고 한 모양이지만, '아직일까, 아직일까' 하고 기다리고 있었다는 사실은 아마네도 잘 알고 있었고, 그건 아야카가 봤을 때도 마찬가지였을 것이다.

"그것도 있지만, 안심되잖아. 아야카에게 들은 바로는 시이나 양이 후지미야 군을 걱정했으니까 말이야."

"걱정?"

"아…… 시이나 양은 후지미야 군 인기가 엄청 많아지는 거 아닐까 하고 조마조마했으니까."

"그건 들은 적 있지만, 그 찻집에서 내가 명확하게 인기가 있었던 건 나이 많은 신사 숙녀뿐이야. 게다가 자기 손녀랑 사귀면 어떠냐고 놀리는 쪽으로."

그 이야기는 예전에 마히루 본인과도 했지만, 아마네에게 말을 거는 사람들은 현시점에서 아마네의 평생보다 세 배 이상 산, 인생 경험이 풍부한 선배들이다. 그것도 남녀를 가리지 않으므로, 그건 마히루가 걱정하는 인기와는 전혀 다르다.

물론 마히루가 걱정하는 점에 대해서는 마히루도 불안해하지 않게 되도록 점원 이상의 태도를 드러내지 않으려고 하며, 애초에 아마네가 일하는 시간대에 가게를 찾는 젊은 여자 손님은 별로 없다.

그래도 어쩔 수 없는 불안은 있을 테니, 그 부분은 아마네가 평소부터 조심하고, 달래는 것도 게을리하지 않으려고 한다.

"실제로 그 장면을 보지 못한 내 상상이긴 하지만, 뭐랄까, 후지미야 군은 인생의 쓴맛 단맛을 다 맛본 어른들 사이에서 인기가 많을 것 같긴 해."

"솔직히 왜 그러는지 모르겠어."

"그야 성실한 분위기가 나서 그런 게 아닐까? 후지미야 군, 분위기부터 경박한 느낌이 없잖아. 최근에는 분위기도 무척 부드러워졌고, 밝으면서도 성실해 보이는 호청년 같은?"

"그건 미야모토 선배도 해당될 것 같지만."

오오하시 선배가 말하기론 가볍다고 하지만, 실제 미야모토는 조금 잘 노는 느낌의 외모이긴 해도 차분한 눈빛이나 몸가짐은 오히려 그 가벼움과 동떨어진 진지함을 물씬 풍긴다.

"미야모토 선배처럼 진지함과 가벼움이 반반인 사람은 젊은 사람들에게 인기가 있다고 할까. 적당히 진지하고 친근해서 남녀노소 불문하고 폭넓은 연령대에 인기가 있을 것 같아."

"그 이전에 미야모토 선배는 단골들이 훈훈하게 지켜봐 주는 경향이 있으니까."

"아……."

단골들에게도 오오하시에 대한 마음이 알려진 것을 미야모토는 알까? 모른다면 본인에게는 모르는 게 약일지도 모른다.

"그리고 소우짱은 무뚝뚝한 얼굴에다 덩치가 있어서 가까이하기 어려운 것 같더라니까. 아니, 소우짱은 귀엽긴 한데."

"기쁘지 않아."

"그럼 멋있고 귀엽다고 해 둘게."

"마음대로 해……."

"그걸로 납득하는 거냐, 카야노……."

납득한 게 아니라 아야카의 자유에 맡기는 거겠지만, 마지막 평가를 딱히 반대하거나 불만을 드러내지 않고 받아들이는 걸 보면 소우지도 이래저래 아야카에게 참 관대한 것 같다.

아마네는 소우지가 감정을 드러내는 것을 거의 보지 못해서 쿨한 사람이라고 생각했는데, 아야카 앞에서는 소용없는 모양이다.

"그건 그렇고, 시이나 양은 역시 이러니저러니 해도 일부 손님들에게 인기가 있다는 후지미야 군을 걱정해서 어떻게 지내는지 보러 가고 싶었던 거 같으니, 직접 보고 안심할 수 있지 않을까."

"바람피우는 건 조금도 의심하지 않는구나, 마히루는."

"어? 말도 안 되잖아. 후지미야 군에 한해선."

"말도 안 되지, 안 돼."

이건 호흡이 척척 맞는 두 사람이 신뢰하는 것으로 받아들여도 좋을까.

"그 신뢰는 기쁘지만, 내가 티를 팍팍 내고 있다는 거잖아."

"응, 엄청나게 좋아하는 마음을 엄청 티내고 있어."

"그 이전에 시이나 양에게 해주고 싶은 게 있어서 열심히 일하는 후지미야를 의심할 여지가 조금도 없어."

"그건 고맙네."

이게 칭찬하는 건가 싶어서 뺨을 살짝 씰룩거리는 아마네에게, 아야카는 별생각 없이 "러브가 철철 넘칩니다."라는 '그건 또 뭐야. 나도 참 잘 숨기라고.' 라고 딴지를 걸고 싶어지는 평가를 내렸다.

남들 보는 앞에서 마히루에게 보이는 태도를 조금만 더 생각해 보는 게 좋을지도 모른다.

어쩌면, 아니 두 사람의 주장이 맞다면 아마네의 표정 근육은 똑바로 일하지 않는 모양이다.

아무리 그래도 한심한 얼굴을 남에게 보이고 싶지 않으니 조심하자며 뺨에 손을 대고 마음속으로 다짐하는 아마네에게, 아야카는 무언가를 짐작했는지 유쾌하게 웃었다.

"시이나 양이 흐물흐물 말랑말랑해지는 걸 빨리 보고 싶어."

"안됐지만, 그걸 보는 건 나 혼자로 충분합니다."

"끙. 하긴 그런가. 그러면 부끄부끄 후지미야 군과 방긋방긋 시이나 양을 빨리 볼 수 있기를."

"우리 인식이 이상해."

"친한 사람들 사이에선 이런 인식 아닐까? 아카자와 군이나 치짱한테 물어볼래?"

"됐어……. 긍정할 것 같아."

긍정할 것 같다고 할까, 실제로 긍정할 것이다. 안 그래도 요전번에 이츠키에게 마히루에 대한 마음을 이야기한 참이니까 틀림없이 긍정하고 놀릴 것이다. 그리고 아마네가 뺨을 씰룩거리는 미래가 아주 잘 보인다.

"그런 거 맞잖아."

역시나 그렇다며 유쾌하게 웃는 아야카에게 참지 못하고 원망스러운 시선을 보냈더니, 오히려 더 큰 웃음을 샀다.

제9화 화이트데이와 대공개

화이트데이 당일은, 밸런타인데이 때보다 열기가 차분했다.

달콤쌉싸름한 분위기인 남자애도 있는가 하면, 애초에 받지 못했으면 돌려줄 일도 없다는 이유로 '화이트데이가 뭐냐, 그거 먹는 거임?' 이라며 무시하는 척하는 남자애, 세상 만물을 원망하는 듯한 남자애, 해탈한 듯한 남자애 등 각양각색이다.

아마네의 반에선 여자애 몇 명이 모두에게 의리 초콜릿을 돌렸기에 비교적 화기애애한 분위기로 그쳤다. 보답할지 말지는 자유라고 돌린 여자애가 말했기에 안 가져온 남자애도 있지만, 짐을 봐서는 성실하게 보답할 걸 준비한 남자애들이 더 많은 듯했다.

아마네도 몇 명에게 의리 초콜릿이나 우정 초콜릿을 받았기에, 보답으로 줄 과자는 준비해 두었다. 일단 초콜릿을 준 상대의 취향을 지난 1년간 교실에서 들었던 대화를 어렴풋하게나마 기억 속에서 끄집어내어 골랐다.

먹으면 없어지는 것으로 한 이유는 선물을 받은 상대의 취향이 아닌 경우 형태가 남는 것은 처분하기 곤란할 것 같아서. 그렇기에 진짜 무난하게 조금 비싼 양과자로 했다.

"안녕. 밸런타인데이 때 고마웠어, 이거 보답이야. 확인하는 건데, 알레르기 같은 거 없어?"

언제 줄지 고민했지만, 방과 후에 한 사람 한 사람씩 주다간 누군가 집에 갈지도 모르니, 수업 전 아침에 직접 건네러 갔다. 마히루도 이건 별로 아무렇지도 않게 생각하는지 흔쾌히 보내주었다.

과자 선물이 몇 개 든 종이봉투를 손에 들고 마침 교실로 들어온 히비야에게 만약을 위해 확인했는데, 히비야는 아마네가 말을 건 것에 의아해하면서도 밸런타인데이라는 단어를 듣고 사정을 이해했는지 얼굴을 활짝 폈다.

"없어. 고작 초코 웨하스에 이렇게 정성스러운 보답을 주는 거야? 고마워."

"뭘. 나야말로 고마웠어."

의리라고는 해도 남에게 선의로 무언가를 받는다는 건 기쁜 일이라, 공부할 때 간식으로 감사히 먹었다.

포장된 자그마한 버터 쿠키 세트를 건네자, "앗싸, 오늘 간식으로 먹어야지."라며 천진난만하게 기뻐해 주어서 안도하고, 같이 등교해서 곁에 있던 코니시에게 시선을 돌린다.

코니시는 시선이 마주치자 온화한 미소를 지었다.

그 표정은 적어도 아마네의 눈에 억지로 꾸민 것처럼 보이지 않았다. 아마네 역시 코니시를 보고 죄책감으로 가슴이 아프지 않다는 사실에 안도했다.

"코니시도 초콜릿 고마워. 맛있게 잘 먹었어."

"그렇다면 다행이야."

주저하거나 더듬거리지 않고 매끄럽게 대답하는 건 평소와 다름없는 코니시의 목소리. 아마네도 평소와 똑같은 목소리로 말을 건다.

"이거, 보답이야. 알레르기 같은 거 없다면 말이지만."

"나도 없으니까 괜찮아. 정말 고마워."

"받았으니까 돌려줘야지. 맛은 보장할게."

"후지미야 군이 추천하는 거라면 기대되는걸. 나중에 맛있게 먹을게."

조심스러운 미소도 평소 교실에서 자주 보던 거라서 아마네도 똑같이 같은 반 아이들에게 보내는 미소를 지으며 선물용 과자를 건넸다.

예전에 우연히 근처에서 두 사람이 "말차맛 간식이 좋아."라고 대화한 걸 들었던 것 같아서, 아마네도 좋아해서 가끔 사는, 말차 농도가 제각기 다른 말차 사브레 세트를 골랐다.

가게에서 포장을 부탁했는데, 내용물이 보이는 포장이다 보니 안에 뭐가 있는지 눈치챈 듯 눈을 조금 크게 뜬 코니시가 이쪽을 본다. 하지만 그 눈에는 더 이상 깊은 슬픔도 열기도 없고, 그저 놀라움만이 깃들어 있었다.

그것도 금방 희미해지고, 기쁜 눈치로 "고마워, 말차 좋아하거든. 맛있게 먹을게."라며 얼굴을 활짝 펴고 떠나가는 코니시를 보고, 아마네는 이제 필요 없어진 불안의 잔재가 사라져 가는 것을 느끼며 기다리고 있던 마히루 곁으로 돌아간다.

마히루는 아마네를 신뢰해 주니까, 아마네가 보는 한에선 부정적인 감정을 전혀 보이지 않는다.

아마네를 향했던 감정도, 아마네가 느낀 죄책감도, 서로 삼키고 소화한 것임을 이해했는지 정말로 평소와 다름없이 웃어 주었다.

"전부 돌렸나요?"

"아니, 몇 명이 아직 등교하지 않아서 나중에 주려고. 키도랑 치토세도 아직 안 왔고."

"그러고 보니 정말 그렇네요. 평소라면 슬슬 와도 이상하지 않을 텐데……."

교실과 복도를 잇는 문으로 시선을 돌리자, 어떻게 보면 타이밍이 좋았는지 마침 이츠키가 교실로 들어오는 것이 보였다.

본인도 말한 바가 있지만, 몇몇 아이들에게 초콜릿을 받았기에 보답용 선물이 있을 법한 봉투를 손에 들었다. 그리고 오늘은 치토세는 함께 있지 않은 듯했다.

"안녕. 다들 일찍 왔네."

"안녕하세요. 확실히 오늘은 평소보다 일찍 왔을지도 모르겠네요."

"안녕. 치토세는?"

"신발장까지는 같이 왔는데, 도착하자마자 손이 시리니까 따뜻한 걸 마시고 싶다면서 자판기로 원정 나갔어. 나는 줄 게 있어서 먼저 교실에 가겠다고 하고 올라왔지. 카페오레 사러 간다고 했으니까 아마 식당 쪽 자판기 아닐까?"

아마네가 다니는 학교에는 자판기가 몇 개 설치되어 있지만, 치토세가 최근 자주 마시는 카페오레는 아마네 반에서 은근히 먼 장소에 설치된 자판기에만 놓여 있다.

가까운 자동판매기라면 교실에 오기 전에 잠깐 들르면 살 수 있지만, 그쪽으로 간다면 시간은 조금 걸릴 것이다.

추운데 굳이 거기까지 가는구나 하고 치토세의 식탐에 조금 감탄하면서 추워서인지 아직 코가 빨간 이츠키를 쳐다보자, 이츠키는 아마네의 시선을 아랑곳하는 기색도 없이 마히루 쪽으로 몸을 돌린다.

"아, 시이나 양, 시이나 양. 잠깐 괜찮아?"

"무슨 일이죠?"

"이쪽, 이쪽."

왠지 이츠키가 마히루에게 손짓하며 아마네에게서 떨어진 교실 구석으로 향하기에, 마히루도 의아해하면서도 의심 없이 이츠키를 따라간다.

아마 화이트데이라서 보답용 선물을 주려는 거겠지만, 굳이 아마네의 곁에서 떼어놓았다는 건 아마네가 듣길 원하지 않거나 혹은 보여주고 싶지 않은 것일 가능성이 크다.

(무슨 생각을 하는 거야, 저 녀석은.)

귀를 쫑긋 세우기도 뭐하니까 멀찍이서 지켜보는데, 이츠키는 생글생글 웃으며 종이봉투에서 마히루에게 줄 보답으로 보이는 것을 건네고 있었다.

주기만 할 거라면 딱히 아마네를 멀리할 필요는 없을 거라고 생각했지만, 거기서 이츠키는 스마트폰을 꺼냈다.

선물을 받은 마히루는 기뻐하면서도 뭔가 미심쩍은 눈으로 이츠키를 보지만, 이츠키는 아주 기분 좋게 웃고 있다.

그 웃음은 멀리서 봐도 아마네에게 불길한 예감에 가까운 느낌이 들게 했다.

"……가 없는…… 데서 들어…… 알았지? 시이나 양이 기뻐할…… 걸, 들을…… 있을 거야."

드문드문 무언가 마히루에게 말하고 나서 스마트폰을 집어넣은 이츠키는 아마네가 관찰하는 걸 아는지, 멋들어진 윙크를 딱 날리며 손을 팔랑팔랑 흔들었다.

슬쩍 경계하던 것도 다 들켰다고 할까, 다 예상했다는 사실에 희미하게 부끄러움을 느끼며 마히루가 돌아오길 기다린다. 이츠키는 그대로 다른 여자애들에게 선물을 주러 가서 아마네가 있는 곳으로 다가오지는 않았다.

타박타박 평소보다 빠른 걸음으로 돌아온 마히루의 표정을 보지만, 평범하게 선물이 기쁘다는 정도의 표정이라서 마히루 본인에게서 무슨 일이 있었는지는 가늠할 수 없다.

"이츠키가 준 선물이야?"

"네. 귀여운 동물 모양 아이싱 쿠키를 받았어요."

"그것참, 마히루가 좋아할 만한 걸 줬네."

마히루는 아마네가 딱히 뭐라고 말하지 않았는데도 받은 걸 보여주었다.

투명한 필름으로 포장된 그것은 깜찍하게 만든 동물 모양 쿠키다. 표면은 설탕 크림으로 도드라지게 장식했고, 둥글둥글한 눈망울이나 생김새 등 동물의 특징을 잘 포착한 무늬가 그려져 있다.

이렇게 귀여움에 치중한 작품은 아이싱의 특성상 단맛이 강하지만, 귀여운 것도 단것도 좋아하는 마히루에게는 딱 좋을 것이다.

"좋아하지만…… 그게, 좀 곤란하네요."

"너무 귀여워서 먹기가 아깝다 이거지?"

"후후. 잘 아네요."

예전에 고양이 카페에 갔을 때 라테 아트를 마시는 게 아깝다며 망설이던 마히루다, 그 점을 신경 쓰겠거니 생각했더니 역시나 그랬다.

마히루의 손에 있는 건 아마네라도 선뜻 먹기 미안할 정도로 정교하고 귀엽게 그려진 과자다. 그러니 마히루라면 더더욱 먹기 미안하겠지. 그걸 상상하니, 마히루에게는 미안하지만 마음이 푸근해진다.

"이런 건 잘 만들면 잘 만들수록 먹기가 망설여진단 말이지."

"하지만 맛있을 때 먹는 것도 중요하니까요. 으으……."

"뭐 그렇게 마음에 들었다면 이츠키도 기뻐할 거야. 센스가 좋다니까, 이런 부분은."

간단한 과자를 준다는 선택지도 있었을 텐데 굳이 이걸 고른 건 마히루의 성격을 잘 아니까 그런 거겠지.

실제로 마히루는 천진난만하게 기뻐하니(절반은 슬픔과 아쉬움이 있지만), 이츠키의 선택은 틀리지 않았다.

다정하게 바라보는 마히루를 보고 부드러운 베일에 싸인 듯 푸근해지는 건, 마히루가 기뻐하고 있어서겠지. 행복을 나눠 받은 아마네는 표정을 부드럽게 푼다.

"그나저나 뭔가 소곤거리지 않았어?"

그건 그거고, 일단 남자친구로서 물어보았다.

딱히 추궁할 생각은 없고 말하지 않아도 화낼 생각은 없다는 것을 태도로 보여주며 넌지시 묻자, 가녀린 어깨가 눈에 띄게 흔들렸다.

"그런 일은……."

"없어?"

"결코 아마네 군을 배신했다거나 그런 건 아니에요."

"그건 알아."

마히루의 성격을 훤히 꿰고 있는 아마네이기에 단언할 수 있지만, 마히루가 아마네를 배신할 일은 없다.

애초에 지금은 그리운 천사님 모드라면 또 모를까, 원래의 마히루는 너무 착하다고 할까, 아마네에게 뭘 숨기지 못한다. 그리고 1억분의 1 정도의 확률로 변심했다고 해도 솔직하게 털어놓을 성실함이 있으므로, 애당초 의심할 일은 없다.

아마네가 묻고 싶은 건 그런 게 아니라, 뭔가 이상한 물건이나 조언을 받은 게 아니냐는 거다.

"개, 개인적으로 즐기고 싶은 거라고 할까요!"

"아~ 그런 거? 사진이나 뭔가 보네. 그렇다면 마음대로 해."

개인적으로 즐기고 싶은 것이라는 시점에서 거의 답이 나왔다. 아마네는 납득하고 더 참견하지 않았다.

"너무 잘 이해해 주는 거 같은데요……."

"마히루가 기뻐할 만한 걸 생각하면, 이츠키가 그런 것쯤 생각할 것 같아서."

마히루는 친한 사람에게라면 수고를 아끼지 않는 성격이니, 이츠키에게 준 초콜릿은 아마네 정도는 아니어도 아주 맛있는 일품이었겠지.

그런 걸 받았다면 좌우지간 의리가 두터운 이츠키 성격상 평범한 보답으론 부족하다고 생각했을 것이다. 그리고 대개 이츠키는 아마네 한정 장난의 상습범 같은 면도 있으니, 선의 반 재미 반이라는 걸까.

"내용물은 확인 안 하게요……?"

"으음…… 안 궁금하다고 말할 순 없겠지만, 그렇다고 확인하고 싶은 정도는 아니야. 사적인 일이기도 하고, 마히루랑 이츠키를 모두 믿으니까."

아무리 연인이라 해도 침범해서는 안 되는 부분이 있다. 서로의 사생활은 존중해야 하고, 궁금하다고 해서 이것저것 캐묻는 건 연인 이전에 인간적으로 문제가 있을 것이다.

게다가 마히루와 이츠키 사이에서 오간다는 시점에서 딱히 불안해하거나 걱정할 일은 아닐 게 확실하다.

그렇다면 내용물을 확인할 필요도 없다.

선선히 물러난 아마네를 본 마히루는 조금 고민스러운 듯 작게 신음했다.

“그렇게까지 신뢰해 주는 건 기뻐요. 저기, 딱히 숨겨야만 할 정도는 아니에요. 받은 건 음성 데이터라고 할까요.”

“음성 데이터?”

“아마네 군이 없어서 외로울 때 들으면 된대요.”

우물쭈물 몸을 움츠리는 마히루는 왠지 부끄러운 듯 시선을 이리저리 돌리고 있다.

이전에 마히루는 아마네와 전화를 하면서 잠든 적이 있지만, 아무래도 마히루는 아마네의 목소리를 무척 좋아하는 듯, 가끔 자기 전에 전화하자고 조를 정도다.

그걸 어딘가에서 알았거나 눈치챈 이츠키가 선물의 덤이랄까, 오히려 진짜 선물로 아마네의 목소리를 녹음해 마히루에게 준 거겠지. 미리 말해주면 좋겠다.

“말만 해줬으면 내가 마히루용으로 녹음했을 텐데.”

“정말요?!”

“반응이 너무 좋아서 이츠키의 예상이 진짜 정답이었다는 걸 뼈저리게 느꼈어.”

“으, 그, 그치만.”

아르바이트를 해서 외롭게 한 건 사실이니까 그 정도로 마히루의 외로움이 누그러든다면 다소 부끄러워도 준비할 거고, 마히루가 말해주길 바라는 것을 말할 정도의 능력은 있다.

“그건 그렇고, 나쁜 건 아니겠지. 아마도. 마음대로 해.”

“안 지워도 되나요……?”

"아무리 이츠키라도 이상한 녹음은 주지 않았겠지, 믿고 있어. 게다가 내가 이래라저래라 말할 수 있는 것도 아니고. 보답으로 받은 거니까 가지고 있으면 돼."

그건 그거고, 나중에 이츠키의 등짝에 손도장을 찍어도 용서받을 듯한 기분이 들지만.

"그걸로 마히루가 조금이라도 기분이 좋아진다면, 나도 그렇지만 이츠키도 기쁘지 않을까? 기뻐해 줘서 다행이라고 말이야."

"아마네 군……."

"거기 꽁냥대지 마~. 둘만 있을 때 하라구~."

서로 눈을 맞추고 있던 참에, 아마네와 마히루 사이를 갈라놓듯 팔이 하나 쑥 들어온다.

목소리로 누군지 알면서도 늦게 등장한 사람에게 시선을 돌리자, 카페오레를 한 손에 들고 코가 새빨개진 치토세가 노골적으로 황당해하는 태도로 서 있었다.

"치토세 양. 안녕하세요."

"안녕. 다들 여전하네. 추운데도 따끈따끈해지겠어."

"안녕. 카페오레 마시고 있는 데다 난방이 켜져서 그렇겠지."

"진지하게 대답하지 마."

"놀리려고 하니까 그렇지."

분위기 못 맞춘다는 듯한 말투지만, 기꺼이 놀림당하는 취미는 없기에 불필요한 장난질은 필요 없다.

아마네는 이상한 소리를 하지 말라고 시선으로 제지했지만,

실실 웃는 치토세의 표정이 사그라질 기미는 느껴지지 않았다.

"아니~ 딱히 안 말려도 됐는데 말이야? 아마네가 주변을 알아채고 뺨이 화끈거리는 걸 보는 것도 하나의 즐거움이고~."

그 말을 듣고야 여기가 교실이며 아직 1교시 시작 때까지 시간이 있다고는 해도 같은 반 아이들이 제법 있다는 사실을 깨닫는다. 아마네는 뺨이 화끈해지는 것을 얼버무리려고 입술을 우물거렸다.

"조금 화끈거렸네."

"시끄러워."

그것조차 간파당한 듯 치토세에게 웃음을 샀기에, 아마네는 헛기침하며 더욱 얼버무리고 종이봉투에서 리본으로 묶인 가로세로 15센티 크기의 캔을 꺼냈다.

"자, 치토세. 선물이야."

"아유 고맙습니다. 참고로 내용물은?"

"확인해 보는 즐거움이…… 있다고 말하고 싶지만, 과하게 기대해도 곤란하니까 미리 말할게. 치토세가 애용하는 가게의 화이트데이 한정 쿠키 캔이야. 향신료를 테마로 한 쿠키라나."

치토세의 초콜릿은 기뻐해야 할지 말아야 할지 제법 공을 들였기에, 아마네도 보답할 선물을 이츠키와 상의한 끝에 나름대로 고민해서 골랐다.

치토세는 매운 걸 좋아하지만, 단 것도 좋아한다. 게다가 자극이 있는 것도 좋아한다는 점은 2년 가까운 교류로 잘 알기에, 매운 것은 힘들어도 독특한 풍미가 있는 것으로 골랐다.

시나몬, 클로브, 카르다몸, 진저 등의 향신료를 듬뿍 사용한 쿠키가 캔에 가득 들었다고 해서, 호불호가 심하게 갈릴 법한 쿠키 캔이다.

사전에 마히루에게도 물어봐서 치토세는 향신료를 좋아한다고 들었기에 선택한 건데, 치토세의 얼굴이 화사해진 걸 보니 성공한 선택인 모양이다.

"어? 무지 좋은 거잖아. 나 향신료 진짜 좋아해."

"시나몬 스틱을 씹어 먹으려고 했었으니까요."

"무슨 생각으로 그런 거야……. 그건 나무껍질이라고……."

기본적으로 가루인 걸 쓰지만, 제대로 요리하게 된 아마네는 시나몬이 녹나무과 상록수의 껍질을 건조한 거라고 마히루에게 배우고, 인간은 뭐든지 먹는 도전을 하는구나…… 하고 감탄했던 기억이 있다.

"될 줄 알았단 말이야. 통째로 씹어 먹는 건 식감이 별로 안 좋더라고."

"당연히 그렇겠지. 아니, 진짜 실천한 거냐……."

"뭐든지 도전하는 정신!"

"그 패기는 좋지만, 한도가 있다고."

"과식은 간에 안 좋고, 향신료 중에는 다량으로 섭취하면 안 되는 게 있으니까 조심해야 하거든요? 애초에 뭐든지 적정량이란 게……."

"네~ 엄마~."

"엄…… 아이참."

화내지 않고 살살 타이르는 마히루에게서 뭘 발견했는지, 치토세가 고분고분하면서도 놀리듯이 대답하는 바람에 마히루가 곤혹과 부끄러움이 섞인 얼굴로 한숨을 쉬고 있다.

마히루는 특히 치토세 상대라면 남을 잘 챙겨주는 성격이 두드러지다 보니, 치토세가 봤을 때는 그런 부분도 마히루에 대한 평가에 더해진 결과로 방금 그 대사가 나온 거겠지.

"우." 하고 귀엽게 입술에 힘을 준 마히루를 아랑곳하지 않고, 치토세는 태연하게 웃고 있다.

"그러고 보니 유짱은 교실에…… 아, 아직 안 돌아왔구나. 보답 순례를 시작했으니까 말이야."

치토세의 말에 교실을 둘러보지만, 유타는 보이지 않는다.

유타의 성격상 육상부 활동이 없는 날은 교실에 일찍 올 거고, 오늘은 요일로 봐서 동아리 활동이 없다는 걸 아는 아마네는 등교하지 않은 게 의외였지만…… 화이트데이인 걸 떠올리니 없는 것도 이상하지는 않다며 납득해 버렸다.

유타가 받은 초콜릿은 이루 헤아릴 수 없을 정도.

3학년이 졸업한 지금 3학년에게 줄 몫은 없다고 쳐도, 1학년, 2학년에게 받은 초콜릿에 보답하려면 방과 후만으로는 시간이 부족하리라.

시간을 지체하면 집에 가거나 기다릴지도 모르니까, 교실에 오기 전 갈 수 있는 데까지 주러 간 거겠지.

"성실하게 보답하는 게 대단하달까, 진짜 용케 가지고 왔네. 힘들겠다."

보답은 아마도 일률적이랄까, 성격상 차별하지는 않겠지만, 그래도 양이 양인지라 설령 쿠키 한 조각이라도 가져오는 것조차 힘들 것이다. 유타가 교실에 올 때 얼마나 많은 짐을 안고 있을지 걱정된다.

"대단하다니까. 그런 성실함과 부지런함도 인기의 비결이란 걸까."

"비결이 아니라 하나의 요소겠지. 그런 건 항상 저절로 드러나니까 평가받는 거야."

유타는 잘생겨서 인기가 많다고 말하는 동급생을 가끔 보지만, 아마네는 그것뿐이라면 이렇게는 안 될 거라고 생각한다.

확실히 유타는 같은 남자인 아마네가 봐도 얼굴이 잘생겼다고 생각하고, 잡지 표지를 장식해도 이상하지 않을 훈남 얼굴과 육상으로 단련되어 유연한 몸매는 여자들을 매료해도 이상하지 않다.

하지만 그 이상으로 인품에서 인기를 끈다는 확신이 있다.

친구가 되고 나서 다시 생각하지만, 유타는 무척 싹싹하고, 적어도 아마네가 본 범위에서는 겉과 속이 다르지 않으며, 성격을 봐도 공격성이 티끌만큼도 보이지 않는, 온화하고 남을 잘 챙기며 친근한 인간이다.

얼굴만 잘생겨도 타인을 공격하거나 협조성이 없거나 태도가 나쁘거나 하면 인기가 현저히 떨어져 감상용 위치에서 멈출 것이다. 아마네가 본 바로는 의외로 그런 점에서 현실적인 여자애들이 많다.

반대로 말하면, 끊임없이 호감을 사는 유타의 인품은 그 안목에 든다는 뜻이다.

그리고 현재진행형으로 한 사람 한 사람에게 보답하러 자기 발로 찾아가는 그 부지런함도 인기 요인이 아닐까.

"정말 아마네는 유짱 평가가 엄청 후하다니까."

"아니, 실제로 나무랄 데가 없잖아……. 본받아야 할 점은 많다고 보는데."

아마네의 성격상 저렇게 되고 싶은 건 아니고, 저렇게는 될 수 없지만, 유타의 좋은 점은 적극적으로 본받고 싶다는 생각이 든다.

온화한 성격과 타인을 대하는 태도, 성실함, 괴로워도 한결같이 노력하는 점 등, 본받아야 할 구석이 많다.

"그런 타인의 장점을 칭찬하고 본받으려고 하는 솔직함이 아마네 군의 호감 요소라고 저는 생각하지만요. 그리고 성실함과 부지런함은 뒤지지 않는다고 보는데요."

"오히려 한 사람에게 집중하는 만큼 그 사람한테는 말이지. 아마네는 좋아하는 상대한테는 깜짝 놀랄 정도로 애정이 넘치고 진심이니까."

"그만 놀려."

마히루는 어쨌든 치토세는 무조건 놀리는 거라며 치토세를 째려보지만, 치토세도 마히루도 선의 100퍼센트의 싱글벙글 웃음으로 지켜보듯이 아마네를 바라보고 있다.

"칭찬이야, 칭찬."

"그래요. 아마네 군."

"저기 말이야……."

"아, 부끄러워서 지적도 반론도 못 하게 됐다."

"눈을 피하고 얼버무리기 시작했네요, 그런 점이 귀여워요."

지금 마히루가 누구 편이냐고 하면, 확실히 치토세 편이겠지.

연인인데도 아마네를 놀린다고 할까, 귀여워하고 있는 마히루를, 아마네는 신음하고 싶은 걸 참으며 지그시 원망 어린 눈빛으로 바라본다.

"마히루, 나중에 두고 봐."

"어? 저만요?"

오늘 데이트가 끝나고 집에 가면 마히루가 항복할 때까지 아주 진득하게 응석을 잔뜩 받아줘서 흐물흐물하게 녹여 주겠다고 결심했다.

"잘됐네. 아주 진득하게 애정을 표현해 줄 거야. 사랑받고 있네요~."

"치토세……."

"꺄악~ 째려본다."

즐거운 듯한 비명이라는 모순된 소리를 지르며 마히루에게 웃는 치토세에게 반성하는 기색은 보이지 않는다.

"치토세 넌 나중에 빚을 갚아주겠어."

"그건 내 빚인 거 같은데?"

"반성해."

"그래요, 치토세 양."

"마히루도 말이야."

"으으……."

개인적으로 끈질겼던 건 치토세여도, 마히루도 신나게 놀렸으니까. 죄가 같다고는 안 해도 마히루 역시 부디 반성해 주길 바란다.

아마네의 다양한 얼굴을 보고 싶은 듯한 마히루가 놀리는 건 어떻게 보면 항상 있는 일이지만, 도가 지나치면 반격당한다는 것을 마히루가 몸소 깨닫게 해주자고 생각했다.

혼났다고 생각한 듯한 마히루가 시무룩해졌기에, 마히루의 옆머리를 손끝으로 가볍게 걷어내고 드러난 귓가에 살짝 입술을 가져간다.

"마히루, 집에 가면 각오해."

치토세에게도 들리지 않게 목소리를 많이 낮춰서 천천히 스며들게 하듯 속삭이자, 고개를 확 들고 새빨간 얼굴로 허둥지둥 이쪽을 올려다보는데, 아마네는 더 말하지 않고 입꼬리만 조금 올렸다.

집에 돌아간 뒤 무슨 짓을 당할지 상상하며 마히루는 얼굴을 붉히고 있지만, 아마네는 구체적으로 뭘 할지 말하진 않았다. 마히루가 멋대로 상상하고 부끄러워할 뿐.

집에 도착할 때까지 번민하는 것이 마히루에게 주는 벌이다.

"꽁냥대네~."

단숨에 사과나 토마토처럼 뺨을 붉게 물들이고 얌전해진 마히루를 본 치토세가 히죽히죽 웃지만, 찌릿 째려보니 "꺄~ 무서워. 비나이다, 비나이다." 하고 마치 사람을 재앙인 것처럼 취급한다.

아마네가 한숨을 쉬면서 엄지에 중지를 거는 형태로 고리를 만들고 중지에 힘을 준 것을 일부러 보여주자, 치토세는 꺅꺅하고 즐거운 비명을 지르며 선물 전달이 일단락된 듯한 이츠키가 있는 곳으로 도망쳤다.

방과 후가 되자 선물 전달이 끝나지 않은 남자애들이 부랴부랴 자기가 찾는 상대에게 말을 걸러 가는 모습이 보이게 되었다. 유타는 지친 기색을 보이지 않고 가뿐하게 아직 주지 못한 여자애들에게 보답하러 교실을 나갔기에, 그 체력에는 감탄을 금할 수 없다.

아마네는 쉬는 시간에 초콜릿을 받았던 아야카나 다른 여자애들에게 선물을 전했으므로, 교실에 남지 않고 그대로 일하러 갈 작정이다.

"그러면 마히루, 나중에 봐."

마히루는 아까 말한 대로 한 번 집에 가서 옷을 갈아입고 난 다음 아마네가 일하는 곳을 찾아간다고 하니, 마히루와는 일단 여기서 작별이다.

말을 걸자, 자기 자리에 앉아 있던 마히루가 고개를 든다.

살짝 얼굴이 붉어진 건 아까 아마네가 한 말의 효과겠지만, 그 눈은 기대하는 마음으로 일렁이고 있으니까 다음에 있을 아르바이트 시찰의 즐거움도 크게 작용하고 있는 거겠지.

“네, 이따 봐요. 기대하고 있을게요.”

“적당히 해줘.”

역시 들뜨고 설레는 마음은 억누를 수 없었던 모양인지 평소보다 힘차게 일어선다. 그런데도 동작이 우아하고 정숙한 걸 보면 마히루가 아름다운 몸가짐을 코유키에게 얼마나 잘 주입받았는지를 알 수 있다.

그대로 아마네의 옆을 빠져나가는 마히루를 보며 슬쩍 쓴웃음을 짓는다.

교문까지 같이 안 가도 되나 싶었지만, 마히루의 말에 따르면 꾸미는 데는 시간이 걸리는 법이라 1분 1초가 아깝다고 하니, 서두르지 않는 척 급하게 귀갓길에 오르는 거겠지.

마히루는 평소에도 외출 전에 의욕이 넘치고 머리나 옷에 신경을 썼다며 그 열성에 납득한 아마네는 종이봉투를 챙기고 일터로 향한다. 이건 화이트데이 선물이 든 봉투가 아니라 일하는 데서 그대로 데이트로 넘어갈 수 있도록 지참한 사복이다.

그대로 신발장까지 가는데, 복도를 걸으면서 유리창에 비친 자기 머리를 조금씩 매만지고 있다는 걸 깨닫고 남몰래 웃는다.

(나는 나대로 기대하고 있는 거구나.)

쑥스럽긴 하지만, 마히루를 기쁘게 해줄 수 있다는 것, 훌륭하게 일하고 있는 모습(희망 사항)을 보여주는 것. 그다음에 있을 데이트를 손꼽아 기다리는 자신이 있다.

기대에 부응하면 좋겠다며 마히루의 들뜬 모습을 떠올리고 표정을 부드럽게 푼 아마네는 자신도 발걸음이 빨라지고 있다는 것을 자각하면서 일터로 향했다.

화이트데이. 드디어 마히루가 찾아온다.

그렇다고는 해도 일은 평소대로 있고, 당연히 평소처럼 잘 일할 것을 요구받는다. 그렇기에 아마네는 각오를 다진 뒤로 평정심을 지키며 근무하고 있었다.

“드디어 이날이 왔구나.”

“왜 미야모토 선배가 의욕을 내는 건데요.”

여기서 이해가 안 가는 점. 상담했다고는 해도 당사자가 아닌 미야모토가 다 안다는 얼굴로 고개를 끄덕이고 있다.

오늘은 평소보다 가게 안이 다소 북적거려 작은 목소리로 대화하면 담소 소리에 묻히지만, 그래도 똑똑히 들렸기에 무심코 딴지를 건다.

“아니, 네 여친을 보고 싶어서. 항상 숨기고 있으니까.”

“그야 기꺼이 과시하고 싶은 인간이 아니니까요.”

“너는 좋아하는 걸 보물 상자에 넣어두려고 할 것 같단 말이지.”

“그렇긴 하지만, 출입은 자유롭게 해줄 거예요. 제 이기심으로 여친의 자유를 침해하고 싶은 건 아니니까.”

빈 테이블이 생겨 쟁반과 행주를 손에 챙겼을 때 작게 대답하자 “사랑이네.”라며 이번에도 작게 웃는 소리가 들려서, 아마네는 입술을 굳게 다물고 테이블을 치우러 갔다.

오래 머물지 않았는지 도중에 회수되는 일도 없이 테이블 위에 남겨진 접시와 컵을 쟁반에 올리고, 행주로 테이블을 싹 닦는다.

오늘은 화이트데이라서인지 평소보다 단것 주문이 많다. 이 자리에도 빠짐없이 케이크 세트의 흔적이 남아 있다. 가게 안에서도 커피 향기에 섞여 은은하게 단 냄새가 풍기는 건 기분 탓이 아닐지도 모른다.

슬며시 벽에 걸린 시계를 보니, 일하기 시작한 지 수십 분이 지났다.

마히루가 찾아올 시간이 점점 더 다가오고 있다고 생각하니 마음이 진정되지 않지만, 주위에 손님이 있는 이상 표정을 흐트러뜨릴 수도 없다.

최대한 얼굴에 드러나지 않게 하면서 접시를 회수한 아마네가 미야모토의 옆을 지나가자, 계산대 대응을 마친 듯한 미야모토는 놀리는 듯한 미소를 아마네에게만 보이는 각도로 보였다.

"참고로, 아까 이야기 말인데요."

"응?"

아마네가 말을 꺼내자 의아한 듯 고개를 갸웃하는 미야모토에게, 소소한 복수라는 듯 아마네는 입을 연다.

"그러는 미야모토 선배는 어떤가요, 숨기고 싶어요?"

"내 상자 안에 들어오지도 않았고, 애초에 들어갈 성격도 아니지."

"아아……."

"그걸로 납득하지 마. 열받네."

오오하시의 성격상 얌전히 있을 사람도 아니다. 뛰쳐나가서 상대를 질질 끌고 가는 건 상상하기 어렵지 않다.

그저 그런 것보다 미야모토의 마음이 결실을 보지 못했다는 것을 그 말에서 눈치채는 바람에 가슴이 살짝 답답했다.

그런 의도로 본 건 아니지만 동정받고 있다고 느낀 듯한 미야모토가 "자, 저리 가."라며 아마네밖에 없는데도 손짓으로 가볍게 쫓아내기에, 아마네는 쓴웃음을 지으며 식기를 싱크대로 옮겼다.

오늘의 아마네는 눈과 귀에 제법 신경을 곤두세우고 있다.

손님 방문을 알리는 종소리가 들리면 가장 먼저 시선을 돌리는 건 아마네다. 일은 똑바로 하지만, 오늘만큼은 마히루가 올 때까지 한정으로나마 최대한 자유롭게 움직일 수 있도록 배려받고 있다. 협력해 준 후미카를 비롯한 종업원들의 호의에는 감사할 따름이다.

딸랑딸랑. 그립고도 이젠 귀에 익숙한 소리가 나서 아마네가 입구로 시선을 슥 돌리고—— 그러고는 "다녀오겠습니다."라고 말하고, 대응하려던 오오하시에게 눈짓으로 사과하며 그 손님 곁으로 향했다.

달력상으로는 아직 봄이라곤 해도 추웠던 거겠지, 차가워져서 뺨과 코를 은은하게 붉게 물들인 그 손님은 안쪽에서 다가온 점원을 보고 눈을 동그랗게 뜨더니.

"어서 오세요. 몇 분이십니까?"

평소대로, 아니 얼굴에 띤 웃음만큼은 평소보다 열기를 더 담아서 부드럽게 물어보자, 마히루는 추위가 아닌 다른 요소로 단번에 뺨을 붉혔다.

“하, 한 명이에요.”

“알겠습니다. 카운터석과 테이블석이 비었는데 어디가 좋으실까요?”

“저기, 테이블석으로, 부탁드려도 될까요.”

“그러면 자리로 안내해 드리겠습니다.”

더듬거리는 대답에 흐뭇함을 느끼고, 생각보다 긴장하지 않는 자신을 조금은 자랑스럽게 여기며 마히루를 가게 안으로 이끈다.

다행히 자리는 비어 있었기에 바라는 대로 테이블석으로 안내하고 “짐은 이쪽 바구니를 이용해 주세요.”라고 안내하면서 마히루가 앉아 진정할 때까지 기다렸다.

안절부절못하며 역시나 진정하지 못하는 기색인 마히루에게 입꼬리가 풀어질 것 같은 것을 참고, 아마네는 한 손에 들고 있던 메뉴판을 살며시 정면에 오도록 놓았다.

“메뉴입니다. 주문이 정해지시면 테이블의 벨을 눌러서 불러주세요.”

이 찻집은 후미카 개인이 경영하는 형태라서 메뉴가 많은 편은 아니다. 기본적으로 간단한 것들을 두고 있지만, 그 모든 것이 맛에 공을 들이고 있으니 뭘 골라도 마히루의 입맛에 맞을 것이다.

의식이 눈앞의 메뉴로 옮겨간 것을 가늠해 인사하고, 일단 찬물과 물수건을 가지러 돌아간다. 씩 웃는 미야모토는 무시하고, 잔에 차가운 물을 따라서 개별 포장된 물수건과 함께 쟁반에 담아 마히루의 곁으로 돌아갔다.

"찬물과 물수건입니다."

"감사합니다. 저기, 주문해도 될까요?"

"알겠습니다. 주문받겠습니다."

아마네가 자리를 비운 사이 주문을 정한 듯 쭈뼛거리는 마히루의 태도에 미소를 짓자, 조금 식었나 싶었던 마히루의 뺨이 다시 붉어졌다.

평소 얼굴과 크게 달라진 것은 아닌데도 이 정도로 반응해 주는 것은 웨이터 차림의 공이 매우 크다. 이쪽을 보는 눈은 애틋하고 사랑이 담겨 있다. 아마네가 자리를 비울 때 자연스럽게 시선이 따라간 걸 보면 일단은 기대에 부응하는 첫 단계는 넘어섰다고 말해도 될 것이다.

"계절 케이크 세트를, 음료는 아마네 군…… 점원분의 추천이 있나요?"

무심코 이름을 말하려던 마히루가 황급히 정정하면서 시선을 들어서 물어보는데, 아마네는 동요하지 않고 미소를 잃지 않은 채 메뉴의 세트 음료 칸을 손으로 살짝 가리킨다.

"손님의 취향에 따라 다르겠지만, 계절 케이크와 맞춘다면 저희 가게 오리지널 블렌드를 추천합니다. 이쪽은 신맛과 쓴맛의 균형이 잡힌 배합이어서, 계절 케이크와도 궁합이 좋습니다."

“그러면 계절 케이크 세트를, 오리지널 블렌드로 주문할게요.”

“주문을 확인하겠습니다. 계절 케이크 세트, 음료는 오리지널 블렌드가 맞습니까?”

“네.”

“알겠습니다. 잠시만 기다려 주십시오.”

전표에 적은 주문 내용을 복창한 아마네는 물러날 즈음 싱긋 웃으며 “메뉴판을 치워 드리겠습니다.”라고 메뉴판을 회수하면서 주방 쪽으로 향한다.

뒤돌아보지는 않지만, 시선이 확실히 아마네의 등에 고정되어 있다.

“주문 들어왔습니다. 계절 케이크 세트와 오리지널 블렌드 하나요.”

“네입~.”

현재 주방을 담당하는 미나세의 느슨한 대답을 들은 타이밍에 단골손님에게 붙잡혀 있었던 듯한 미야모토가 쟁반에 빈 접시를 얹고 돌아왔다.

“저 아이, 네 여친 맞지?”

“네, 그렇죠.”

아마네가 앞장서서 접객한 것으로 눈치챘는지 지나가면서 마히루를 본 듯한 미야모토가 확인하듯이 말을 걸기에, 아마네는 빈자리 상황과 현재 주문을 보며 끄덕였다.

참고로 지금은 비교적 자리도 남아서 자주 보는 손님이 아까

한가한 (것처럼 보인) 미야모토에게 말을 걸었던 거겠지. 조용하면서도 훈훈한 분위기의 찻집이기에 가능한 소통이 있다.

(단골에게 알려지면 나중에 놀림당하겠구나.)

아마네도 이 찻집에서 일하는 것에 완전히 익숙해졌고, 자주 방문하는 손님이나 이름을 아는 손님도 늘었다. 조만간 마히루도 거기에 합류할 것 같은 것이 기쁘면서도 난감한 일이다.

"엄청 귀엽잖아. 솔직히 이 정도일 줄은 몰랐어."

"원래 귀엽다고 말했던 것 같은데요……. 놀림당하니까 역시 보여주고 싶지 않았다고 지금 생각했습니다."

미야모토가 감탄한 듯 마히루를 본 감상을 말하지만, 아마네는 칭찬받은 기쁨과 다른 사람에게 보여주고 싶지 않았던 답답함이 가슴에 소용돌이쳤다.

오늘 마히루의 사복 차림은 귀엽다는 한마디가 가장 먼저 나온다.

날씨로는 아직 겨울과 다를 바 없다는 점도 있어 가게에 들어왔을 때는 확실히 두꺼운 코트를 걸치고 있었지만, 코트를 벗은 마히루는 상아색 케이블 니트에 연한 톤다운 베이지핑크색 머메이드 라인 롱스커트로 귀여움과 어른스러움을 양립한 차림을 하고 있다.

목과 귀에서는 아마네가 크리스마스에 선물한 심플한 꽃 모티프 목걸이와 귀걸이가 빛나고, 지나치게 간소하지 않으면서 우아하고 화려한 인상을 주고 있었다.

손목에는 작년 이맘때 선물한, 같은 꽃 모티프 팔찌가 색채를 더하고 있고, 풍성한 머리를 느슨하게 땋아 뒤로 모아 묶은 모습은 전체적으로 여성스러운 느낌을 살리면서도 너무 튀지 않고 차분하게 마무리되어 있었다.

그 귀여운 차림새도 그렇지만, 고운 얼굴로 이쪽을 보는 황홀하고 달뜬 눈빛과 부드럽게 풀어진 입가는 너무 매력적이어서, 일종의 마성을 띤 미소라고 표현할 수 있으리라.

"엄청나게 사랑받는 건 알겠다."

"알고 있어요……."

"데려오는 걸 엄청 꺼린다고 생각했는데, 그거지? 네가 일하는 모습을 보여주고 싶지 않다는 것도 있겠지만, 이렇게 귀여운 여자친구를 보여주고 싶지 않았던 것도 있겠지. 이렇게나 귀여운 데다가 무의식중에 귀여움을 뿜어내면 당연히 데려오고 싶지 않겠지. 이 아이를 위해 노력하자는 마음도 알겠어."

응응, 하고 고개를 끄덕이는 미야모토는 슬쩍 마히루 쪽을 보고 나서 아마네를 다시 한번 본다.

"여친이 싱글벙글 웃는걸."

"쭉 오고 싶어 했으니까요, 마음껏 보는 거겠죠."

지금은 주문한 메뉴를 준비하는 중이고 점원으로서 계속 상대해 줄 수 있는 건 아니기에 마히루는 혼자 기다리고 있지만, 지루해하는 기색은 전혀 없다. 오히려 마음껏 즐기고 있다고 해도 좋고, 아마네와 시선이 마주치자 수줍게 생긋 웃으니 업무 실수를 유발할 것만 같다.

"사랑받고 있네, 너."

"알아요……. 뼈저리게 느끼니까 되도록 부르고 싶지 않은 거예요."

"아아, 표정이 다 풀어질 것 같으니까 말이지."

"선배, 시끄러워요."

미야모토의 말대로 마히루의 반응에서도 사랑받고 있음을 듬뿍 실감하기에 뺨이 뜨거움을 호소하는 것을 필사적으로 막고 있고, 멋대로 표정이 느슨해지려는 것도 어떻게든 참고 있다.

"오늘은 후지미야의 새로운 얼굴을 많이 볼 수 있겠군."

"이쪽 보지 마세요."

"아니, 그게 되겠냐."

"어라, 후지미야짱 부끄러워해? 왜? 왜?"

주방 쪽 일을 하던 오오하시가 나와서 이쪽을 보고 눈을 깜빡인다.

이야기를 듣지 못했던 오오하시까지 아마네의 얼굴을 보고 그렇게 표현한 걸 보니, 지금 아마네의 얼굴은 어지간히 빨간 모양이다.

"후지미야 여친이 왔대."

"어? 누구? 어떤 애야?"

"저기, 안쪽 자리."

"어, 저 예쁜이? 뭐야, 후지미야짱 제법이잖아."

팔꿈치로 꾹꾹 누르려다가 마히루의 시선이 있다는 것도 눈치챈 오오하시는 평소보다 조금 거리를 두었다.

이런 점에서 눈치 빠른 오오하시에게 감탄해야 할지 놀림당한 것을 부끄러워해야 할지.

아마네가 번민하고 있자, 오오하시는 응응, 하며 아는 체하는 얼굴로 끄덕인다.

"그야 저런 애가 여친이면 한눈팔 리가 없지. 손님이 대시해도 완전 무시했고."

"어?"

"야, 리노. 본인은 모르니까 말하지 마, 쓸데없는 걱정 늘리지 마."

"어, 그거 무의식이었어? 무서워라."

"진짜입니까……?"

"진짜의 진짜인데…… 너야말로 진심?"

오히려 오오하시가 황당해하니까, 아마네는 갑자기 예상 밖의 사실을 듣게 되어 당혹스럽다.

아마네가 말을 거는 건 기본적으로 아마네의 조부모 또래인 사람이 많고 젊은 여자에겐 점원 이상의 대응을 요구받은 기억은 없는데.

하지만 이 분위기로 봐선 아무래도 그렇지 않은 모양이다.

"어?" 하며 두 사람을 봐도 난처한 얼굴을 하고 있고, 굳이 거짓말을 할 이점도 없으니까, 다시 말해 그런 뜻이겠지.

"정말로 기억에 없는데요……."

"여친 말고는 안중에도 없었으니까 전부 영업용 스마일과 무의식 철벽 가드가 자동으로 발동했던 거겠지. 말해두지만, 후지미야 네가 정말로 아무 생각 없었다는 건 아니까, 거들떠보지도 않는달까 손님이란 인상과 감정밖에 없었던 건 알아."

"저 지금 마히루한테 엄청 미안한 마음이. 걱정을 끼쳤다 보니까……."

"진짜로 관심 없었구나, 넌……."

아마네에게 손님은 손님이고 다른 감정은 없으며, 단골손님의 얼굴은 기억해도 한 번 오고 만 손님의 얼굴 따위는 기억하지 못한다. 애초에 얼굴을 잘 보지 않으니 기억할 계기가 없다는 느낌에 가까울까.

기억력이 좋다는 자각이 있는 만큼, 전혀 기억에 없었다는 사실이 충격이었다.

(둔감하다 둔감하다 마히루뿐만 아니라 치토세나 이츠키한테도 들었지만, 이래선 부정할 수 없겠어.)

정말로 의식하지 않았던 탓에 자신도 모르게 마히루가 걱정할 일이 일어나고 있었다는 사실을 지금에야 알고 충격과 미안함이 단숨에 밀려들어 한순간 정신이 아찔해진 아마네의 등을 미야모토가 두드린다.

"자, 케이크 세트랑 커피 나왔으니까 다녀와."

주방에서 가져가라고 지시가 나온, 케이크 세트와 커피 컵이 올라간 쟁반을 받는다.

아직 일하는 중인데 멍하니 있을 때가 아니라며 다시 정신을 바짝 차리고 쟁반을 보니 마히루가 주문한 메뉴도 있지만, 그 밖에 하나 더 주문에는 없던 메뉴가 있었다.

"어? 이거 주문에는."

“오너가 주는 서비스래. 뭐, 그거 네가 구운 거긴 한데. 기왕이면 가져가라나.”

“아…… 나중에 오너에게 고맙다고 해야겠네요.”

“그건 됐으니까 다녀와. 자, 어서.”

미야모토에게 떠밀리면서 지금은 주방에 있는 오너에게 감사하고, 똑바로 걸어 마히루의 곁으로 다가간다.

커피에서 풍기는 커피 특유의 향과 견과류 향이 더해져 그윽하면서도 달콤한 향기가 닿았는지 마히루는 이쪽을 올려다본 채 얼굴을 활짝 폈다.

“오래 기다리셨습니다. 주문하신 계절 케이크 세트와 오리지널 블렌드입니다.”

“아, 감사합니다…… 어, 저기 아마네 군, 이거.”

“이건 서비스입니다. 화이트데이 관련의 서비스 품목으로 폐점 후에 다 같이 구웠어. 이 모양은 내가 만든 거.”

원래는 좋지 않지만, 점원 말투를 잠시 중단하고 평소 말투로 조금만 돌아온다.

이 찻집에서는 가끔 있는 일이지만, 계절 한정으로 무언가 덤을 주는 경우가 있다. 핼러윈엔 호박 과자, 크리스마스엔 진저브레드맨, 입춘 때는 콩 과자, 밸런타인데이엔 초콜릿 한 알, 이런 식으로 희망하면 서비스를 받을 수 있다.

이번 화이트데이엔 폴보론이라는 스페인의 전통 과자를 제공하게 되었다.

전날 일찍 가게 문을 닫고 나서 남아 있던 종업원끼리 만들었는데, 다른 사람들은 하트 모양이나 동그라미, 아마네는 사각형 틀로 찍어 냈기에 누가 만들었는지 알 수 있다.

마히루에게 나온 쟁반의 포장된 폴보론은 사각형이었다.

"아마네 군, 과자 만들 줄 알았어요……?"

"케이크 먹은 적 있잖아."

생일에 케이크를 만든 걸 잊었냐며 약간 눈을 가늘게 뜨고 보자, 마히루가 당황한 기색으로 고개를 붕붕 저으며 부정한다.

"그, 그건 그렇지만, 쿠키를 구울 줄 아는구나 싶어서요."

"케이크를 구울 줄 아니까 쿠키도 구울 수 있습니다. 레시피를 멀쩡하게 이해한 상태에서 그대로 만들었습니다. 나도 요리할 줄 알거든요."

아무리 생각해도 난이도 면에서 케이크가 더 어렵고, 애초에 요리는 마히루의 감수하에 평소에도 하고 있어서 실력이 늘었으니까, 레시피가 있으면 나름대로 어떻게든 만드는 정도가 되었다. 애초에 할 줄 아는 사람에게만 후미카가 만들게 해 줬지만.

고운 목소리로 즐겁게 웃는 마히루는 토라진 듯한 아마네의 시선에 천천히 눈을 가늘게 뜬다.

"후후. 그 차림으로 평소 말투를 쓰니까 좀 간지럽네요."

"대단히 실례했습니다. 부디 편히 계시기 바랍니다."

"아, 잠시 괜찮을까요?"

"무슨 일이죠?"

아무리 손님이 적은 시간대라고 해도 너무 오래 이야기하긴 뭐해서 점원 모드로 전환한 아마네에게, 마히루는 살며시 손을 들어 올렸다.

그러고는 까딱까딱 손짓하듯 손끝을 느슨하게 구부리는 동작.

가까이 오라는 뜻임은 대충 알았기에 마히루와의 거리를 한 걸음 좁히자, 이번에는 손이 조금 위쪽에서 아래로 간다. 그것은 이쪽에 쭈그리고 앉아 귀를 가까이 대라는 지시로 보였다.

뭔가 전달할 일이 있었나 하고 속으로 고개를 갸웃하며 마히루가 재촉하는 대로 무릎을 살짝 굽혀 앉아 있는 마히루의 입가에 머리를 가까이 대자, 익숙하고 달콤한 향기와 희미한 온기가 곁으로 슥 다가왔다.

"무척 근사해요. 평소와는 다르게 상큼한 느낌이 들어서 아주 잘 어울려요. 멋져요."

그렇게 불쑥 튀어나온 말은 부드럽게 녹을 것처럼 달콤해서, 스펀지가 물을 빨아들이듯 급속도로 귓속 깊은 곳까지 스며들어 간다.

뇌까지 저리게 만드는 듯 감미로운 속삭임에 한순간 아찔해진다.

그러고 나서 서서히 열기까지 배어 나오니, 견딜 수가 없다.

입술을 꾹 다물어 흘러나올 것 같은 신음을 참고 일어서자, 마히루는 아마네의 열기 띤 얼굴을 보고 만족스러운 기색으로 눈을 가늘게 뜨고 수줍게 웃었다.

(아, 정말!)

오늘은 미야모토나 오오하시가 마히루를 보고 귀엽다고 칭찬했지만, 지금은 귀엽다거나 그런 문제가 아니라 작은 악마로밖에 보이지 않는다. 그것도 본인은 아마네의 마음을 휘저으려 하는 눈치가 아니라는 사실이 더 악랄했다.

"일 열심히 하세요."

"감사합니다……."

간신히 떨릴 것 같은 목소리를 억누르며 부드럽게 감사를 표한 아마네가 상체를 조금 비틀거리면서도 똑바로 카운터로 돌아오자, 여전히 히죽거리며 웃는 두 선배가 맞이해 주었다.

"후지미야짱 얼굴 빨개."

"좀 조용히 해주세요."

"청춘이군."

"미야모토 선배도 조용히 해요."

목소리를 낮게 깔고 신음하며 짧게 말하자, 두 사람은 사이좋게 유쾌한 듯 웃었다.

그 뒤로 마히루만 상대할 수도 없어서 약속대로 평소 업무로 돌아갔지만, 마히루는 여전히 뭐가 그렇게 즐거운지 아마네가 일하고 있는 모습을 눈으로 좇으며 케이크를 즐기고 있었다.

후미카 특제 케이크는 마히루의 입에 맞았는지 싱글벙글하며 먹고 있었고, 우연히 주방에서 나온 미나세에게 마히루의 미소가 직격해 "윽" 하고 당하는 일이 있었지만, 웃는 얼굴로 "안 줄 겁니다."라고 견제했더니 움츠러들었다. 참고로 그런 의도가 아니라고 고개를 힘차게 붕붕 저었기에, 아마네도 경계를 풀었다.

화이트데이다 보니 평소보다 손님이 다소 많았지만, 저녁 식사 전 시간대가 되니 손님도 줄어서 사실상 대기하는 시간이 되었다. 이것도 조금 더 지나면 이번에는 가벼운 식사로 끼니를 때우려는 손님이 들어올 테니, 지금만의 여유겠지만.

"저기저기, 후지미야짱의 여친 양."

사람이 없는 틈을 타서 다시 의자나 테이블 배치를 정돈하며 자리를 체크하던 아마네의 귀에 은밀하면서도 희희낙락한 목소리가 닿았다.

뒤쪽에서 들렸기에 홱 뒤돌아보니, 여유가 생긴 듯 오오하시가 마히루가 주문한 것으로 보이는 두 번째 커피를 가져가는 김에 살금살금 그 자리를 방문하고 있었다.

가게에 남은 손님은 점원과도 자주 대화하는 단골 부인이기에 슬슬 괜찮겠거니 생각하고 돌격한 모양이다. 허를 찔린 아마네는 머리가 지끈거리기 시작했다.

"후지미야짱……?"

"저기 있는 후지미야짱 여친 맞지?"

"어? 그, 그런데요……."

갑자기 말을 걸어서 몹시 당황하는 마히루지만, 수상쩍게 보는 눈빛은 아니고 그저 난감해하는 것처럼 보인다. 아까 아마네가 이야기하던 상대=아마네의 선배에 해당하는 사람이라는 걸 아니까 함부로 대할 수 없다는 이유도 있을 듯하다.

방심할 틈도 없다며 한숨을 쉬며 미야모토를 보자 내 탓이 아니라는 듯 눈을 피했다.

"갑자기 거리 좁히는 짓은 하지 마세요. 제 여자친구가 당황하잖아요."

"내 여친 선언 감사합니다~."

"미야모토 선배, 이 사람 좀 회수해요."

이 사람을 방치하면 마히루가 계속 허둥댈 게 뻔해서 다루는 법을 잘 아는 미야모토에게 도움을 청했지만, 돌아온 것은 "인사하게 하는 게 빨리 물러날걸."이라는 한마디.

"난 오오하시 리노야. 보시다시피 선배 노릇을 하고 있어. 후지미야짱을 끔찍이 아끼는 여친이 있다고 들어서 만나는 걸 기대하고 있었어."

"끄, 끔찍이."

"아니, 진짜 아무리 귀여운 애를 봐도 전혀 반응 안 하는 건 둘째 치고 말 안 해주면 눈치도 못 챌 정도로 무관심했거든."

"넌 눈치 좀 챙겨라, 이 바보야. 여친한테 다른 여자 얘기를 꺼내서 어쩌자는 거야."

"아…… 미안해. 후지미야짱은 여친 일편단심이라고 말하고 싶었어. 진~짜로 관심 안 보이니까 아마 머릿속은 공부랑 여친 생각으로 꽉 찼을 거야."

"절 뭐라고 생각하는 거예요."

오오하시가 생각하는 아마네에 대한 평가가 엉망진창이기에 딴지를 걸면서 한숨을 푹 쉬고, 시선을 오오하시와 미야모토에게로 옮긴다.

"아…… 여기 두 분은 내 교육 담당을 해줬던 선배들이야. 아까 자기소개한 게 이쪽의 오오하시 선배, 다른 남자 선배가."

"미야모토 다이치입니다. 아가씨 이야기는 들었어. 아, 이쪽 바보는 내버려둬도 돼."

"다이치 너, 무슨 소리 하는 거야."

"넌 시끄럽고 거리가 너무 가까워, 연하의 귀여운 애 겁먹게 해서 어쩔 셈이야."

"뭐어? 말 막 던지지 마."

"마히루, 여기 두 선배는 자주 만담하곤 하니까 방치해도 돼."

"누가 만담이냐, 바보 녀석아."

"아얏."

손날로 살짝 견제받은 아마네를 마히루가 눈을 크게 깜빡이며 뚫어지게 보는 것이 미야모토에게 보인 모양이다. 황급히 손을 저으며 당황한 표정을 보이지만, 그런 미야모토를 마히루는 즐겁게 보고 있다.

"미안해. 남친 때려서."

"사과할 상대를 잘못 고르지 않았나요."

"아뇨. 실례되는 말을 한 건 아마네 군이니까 신경 쓰지 마세요."

"신경 써 줬으면 좋겠는데."

"아마네 군이 놀리는 게 나쁜 건데요?"

그 말을 들으면 찍소리도 할 수 없어서 입술을 딱 붙이고 입을 꾹 다문 아마네를 보고, 오오하시가 좋은 장난감을 찾았다는 듯이 눈을 반짝이고 있다.

아마도 다음 출근부터 마히루 일을 들먹이며 놀림당하게 되겠지……하는 마음에 속이 더부룩해졌지만, 최종 수단으로서 오오하시를 입 다물게 할 방법은 짐작이 가는 구석이 있으니 여차하면 그쪽을 행사하게 될 것이다.

팍팍 다가오는 점은 누군가와 닮은 점이라 익숙해지는 것도 빨라서, 마히루는 이제 완전히 진정된 느낌으로 소리 없이 일어서서 두 사람에게 고개를 숙였다.

"늦었지만, 아마네 군과 교제하고 있는 시이나 마히루입니다. 아마네 군이 항상 신세를 지고 있습니다."

"아뇨아뇨. 우리야말로 도움을 많이 받고 있습니다."

"그럴 리가요. 아마네 군은 항상 집에서 선배들이 특히 잘 대해 준다고 하거든요."

"집에서……?"

"우리 집에 왔을 때, 라는 의미입니다."

거짓말은 전혀 하지 않았다.

어느 정도 사정은 설명했다고는 해도, 등교 중과 목욕 및 취침 시간을 제외하고 깨어 있는 시간은 대체로 마히루가 아마네 집에 있다는 말은 차마 하지 못했는데, 여기서 터질 줄은 몰랐다.

마히루도 그걸 눈치챘는지 "시험 공부 때는 자주 신세를 져서요."라며 마찬가지로 거짓말은 하나도 없는 말을 아무런 망설임이나 주저함 없이 이어간다.

딱 맞춰 준 마히루에게 얼굴에 드러나지 않도록 안도하며, 아마네도 동요를 겉으로 드러내지 않도록 평소의 표정을 유지하려 애썼다.

"아…… 후지미야는 성실파니까 말이야……. 여친도 그런가. 리노도 본받는 게 좋아."

"거기서 왜 나를 끌어들이는 거야, 이상하지 않아?"

"이 근면함과 정숙함을 본받아라. 넌 동작 하나하나가 시끄럽다고."

"다이치한테 그런 말을 들을 이유가 없는데."

어째서 이렇게 말다툼이 되는 걸까.

아까 미야모토가 오오하시를 보고 눈치가 없다고 평가했지만, 아마 누워서 침 뱉기겠지. 괜한 말을 해서 점화된 두 사람의 작은 말다툼을 보며 그런 생각이 들었지만, 아마네도 목숨은 아까우니까 마음속에만 담아두기로 했다.

마히루와 시선이 마주치자 작은 쓴웃음이 돌아왔기에, 아마네는 두 사람의 대화에 묻히도록 나지막하게 "자주 있는 일이야."라고 속삭이며 어깨를 으쓱해 보였다.

두 사람이 눈치채지 못하게 한숨을 쉰 아마네가 문득 주위를 보다가 세 테이블 옆에서 정기적으로 이 시간대에 커피를 마시는 부인과 시선이 마주쳐 식은땀을 흘렸다.

발소리를 죽이며 다가가 "시끄럽게 해서 죄송합니다."라고 고개를 숙이자, 그 부인은 고상한 미소를 입가에 띠며 손으로 입을 살짝 가린다.

"괜찮아, 다이치 군도 리노 양도 활기찬 게 제일이지. 사이좋은 건 좋은 거야, 저렇게 티격태격하는 것도 사이좋다는 증거거든. 난 신경 안 쓰니까."

"정말 감사합니다."

이 부인은 찻집의 오래된 단골인 듯, 미야모토와 오오하시의 관계성을 처음부터 지켜봐 온 사람이기도 한 모양이다. 말다툼을 보는 것도 익숙한 듯하다. 두 사람 다 가게에 마히루와 이 부인밖에 없어서 방심했던 거겠지.

"너도 여자친구와 사이좋아 보여서 다행이네. 우리 손녀를 권해도 끄덕이지 않은 이유를 납득했어."

"저는 여자친구만 보니까요."

참고로 손녀와의 교제를 물어본 사람은 이 부인이 세 번째다. 그 뒤로도 몇몇 손님이 권하기는 했지만, 당연히 전부 거절하고 있다.

다들 농담하는 건 알지만, 그걸 듣는 아마네는 매번 심장에 안 좋고 죄송한 마음이 생기니까 가능하면 앞으로도 자제해 주길 바란다.

요새는 겨우 그런 말을 안 듣게 되어서 안심하고 있었는데, 이렇게까지 말하는 걸 보면 자신이 손녀를 소개해도 괜찮을 사람으로 보이는 건지, 단골 카페 점원과는 생판 남일 텐데, 하고 의문을 품게 되고 만다.

"후후후. 그렇게 말해 주니 안심이 되네."

"말씀하시는 게 앞뒤가 안 맞는 것처럼 느껴지는데요."

“여자친구를 소중히 여기고 있다는 걸 잘 알겠으니까 좋다는 말이야. 바람피우는 남자 따위 내다 버리라고 하고 싶은걸.”

고상한 미소와 말투에서 기분 탓인지 믿기 힘든 발언이 나온 것 같지만, 아마네는 그걸 언급하지 않고 미소만으로 응했다.

이 부인에게도 무언가 안 좋은 경험이 있었는지도 모르지만, 친하지도 않은 아마네가 그 부분을 건드리는 건 용납되지 않고, 건드리고 싶지도 않다.

다만 아마네도 부인의 말에 동의하기에 “맞는 말씀입니다, 성실함이 함께 살아가는 데 중요하다고 생각하니까요.”라고 대답해, 부인의 더 진한 미소를 끌어내는 데 성공했다.

“두 사람 사이가 좋아서 보기 좋은걸. 케이크 말고도 달콤한 구경을 해서 만족했으니, 계산을 부탁해도 될까?”

“알겠습니다.”

등 뒤에서 여전히 미야모토와 오오하시의 대화가 들렸지만, 즉각 움직일 수 있는 건 아마네이기에 마히루가 웃으면서도 곤란해하는 시선으로 도움을 청하고 있는 걸 알면서도 조금만 더 기다려 달라고 들릴 리 없는 텔레파시를 보내고는 전표를 챙긴 부인과 함께 계산대로 향했다.

아마네가 계산대에서 돌아왔을 때쯤에는 역시나 진화된 듯 약간 토라진 듯한 표정의 두 사람이 있어서, 이런 부분에서는 두 사람 다 어리게 느껴진다며 남몰래 생각했다.

미야모토는 남들 앞에서 평소처럼 떠든 것을 몹시 부끄러워하는 듯 머리를 감싸고 있었지만, 아마네가 돌아온 것을 깨닫자 "계산 고맙다."라며 군은 미소를 짓는다.

"그 손님밖에 없어서 다행이지만, 원래라면 아웃이라고 생각해요. 그리고 엄청 흐뭇하게 보고 계셨으니까요, 나중에 놀림당하는 건 각오하는 게 좋을 겁니다."

"나도 알아."

"혼나고 있대요~."

"오오하시 선배도요."

"어?"

"아니, 지금 흐름에서 안 들을 리가 없잖아요."

뭘 어떻게 하면 자신은 무죄라고 생각할 수 있는 거냐며 싸늘하게 보는 아마네에게 오오하시는 "미안해."하고 사과하지만, 그건 가능하면 미야모토에게 해주길 바란다.

어째서 두 사람은 좀 더 솔직하게 다가가지 못하는 건지. 직접 말하지 않고 한숨을 푹 쉰 참에 주방 쪽에서 미나세가 얼굴을 내미는 것이 보였다.

"어이, 오오하시. 바쁜 중에 미안한데 오너가 부른다."

"어? 갑자기 왜?!"

미나세의 호출은 전혀 뜻밖이었던 듯, 오너가 호출했다는 사실에 초조해진 오오하시는 황급히 뒤돌아 안쪽 통로로 가려고 하는데.

서두른 탓인지 평소보다 커진 동작이 화를 불러 손끝이 다 마시지 않은 마히루의 커피 컵을 쳤다.

원래라면 먼저 첫 번째 컵을 치워야 하는데, 두 번째 컵을 가져온 다음에 치우려고 했는지 장소 문제로 평소 놓는 곳보다 더 바깥쪽에 두 번째 컵이 놓인 탓도 있었을 것이다.

도기가 부딪히는 딱딱한 소리가 나고, 튕겨 나가듯 컵이 붕 떠서 컵 주둥이가 크게 기운다.

큰일났다는 생각에 순간적으로 가까이 있던 아마네가 컵을 잡아 테이블 위에서 구르는 사태는 피했지만, 따로 두 번째 커피를 주문했던 마히루는 아직 다 마시지 않았기에 제법 많은 양이 컵에 남아 있었다.

내용물이 전부 쏟아지는 참사는 벌어지지 않았지만, 아마네가 저지한 것도 허무하게 손가락 사이를 여유롭게 빠져나가 테이블로 제법 힘차게 흘렀다.

그 진한 갈색의 해일이 벼랑에서 떨어질 때, 마히루도 무슨 일이 일어났는지 정확히 이해한 듯 손바닥으로 받아내려 하고 있었다.

벼랑 아래의 대지로 전부 빨려드는 일은 없었지만, 그래도 튄 물방울이나 마히루의 손이 미처 막지 못한 물줄기가 연한 톤다운 핑크 베이지를 더욱 탁하게 만들며 짙은 갈색으로 물들인다.

"아."

"손님, 대단히 죄송합니다! 다치신 곳은 없으십니까?"

가장 먼저 입을 연 것은 미야모토다.

당황하면서도 또렷한 어조로 사죄를 입에 담은 뒤, 피해를 줄이려고 손을 희생하고 있는 아마네와 마히루를 대신해 재빨리 카운터로 달려가, 지금 일어난 사고를 보고 있었던 듯한 미나세가 즉시 준비한 타월을 받아 들었다.

"마히루, 괜찮아?! 뜨겁지 않아?!"

"아, 네, 이 스커트는 두툼하고, 이미 식었으니까요……."

마히루의 반응으로 보아 통증을 느낀 기색은 없고, 쏟아진 양도 별로 많지는 않으니까 화상을 입진 않은 것 같다. 그래도 걱정되는 건 변함없어서 마히루의 표정을 꼼꼼히 살피며 이미 사용해서 접어두었던 물수건을 테이블에 생긴 바다에 던졌다.

아래로 더 떨어지지 않도록 물수건에 흡수시키면서 미야모토가 가져온 타월로 마히루의 손을 한 번 닦은 뒤, 테이블 위의 홍수를 막는다.

이것이 불과 수십 초.

미야모토는 부딪친 것에 동요해서 굳어 버린 오오하시를 꾸짖듯이 눈꼬리를 세운다.

"리노, 넌 무슨 짓을 한 거야."

"미, 미안해……."

"미야모토 선배 스톱, 스톱. 화내지 마세요. 지금은 그럴 때가 아니에요. 오오하시 선배도 반성은 나중에 해도 되니까요. 미안하지만 오너한테 안으로 데려가도 되냐고 확인하고 와 주시겠어요?"

"아, 알았어……. 미안해……!"

비난해도 아무 소용없다는 건 불 보듯 뻔하고, 감정적으로 비난할 권리가 있는 건 피해를 본 마히루뿐이다. 정작 마히루는 화난 기색이 일절 없고, 갓 생긴 얼룩을 보며 "마르기 전에 응급처치해야겠네요."라며 태평한 소리를 입에 담고 있다.

비난할 마음이 전혀 없는 듯한 마히루를 보고 오오하시는 표정이 잔뜩 흐려졌지만, 동요에서 꽤 회복한 듯 얼굴을 굳히고 안으로 쌩하니 날아갈 기세로 달려갔다.

안으로 사라진 지 수십 초 만에 돌아온 오오하시에게 "괜찮대."라는 말이 날아왔기에, 아마네는 잘됐다 싶어 마히루의 짐과 코트를 바구니에서 꺼내고, 마히루에게 안쪽으로 가도록 재촉한다.

"선배들, 죄송하지만 여기 뒷정리 좀 부탁해도 될까요."

"이쪽은 우리가 처리할 거니까 후지미야 넌 여친을 챙겨."

"저기, 아까는 정말로 미안해."

"괜찮아요, 신경 쓰지 마세요. 이 정도라면 응급처치하면 집에서 손질해서 완전히 지워지니까요. 화상 같은 것도 없으니까, 너무 걱정하시지 않아도."

죄책감에 사로잡힌 표정으로 머리를 숙이는 오오하시에게 마히루는 태연하게 웃으며 고개와 손을 가볍게 젓지만, 오오하시의 표정은 여전히 흐리다. 자신이 한 짓이 자신에게 돌아오는 건 신경 안 쓰는 사람이지만, 아무리 그래도 타인에게 피해가 간 건 무척 미안한 듯, 강아지 귀가 있었다면 축 처질 정도로 풀이 죽은 것이 보였다.

"정말 괜찮거든요?"

"아, 손님이 오셨으니까 이 이야기는 다음에 하죠. 미야모토 선배, 그쪽 대응 부탁드립니다."

"알았어. 리노, 여기 뒷정리 맡긴다. 내가 갈 테니까."

지금 상태의 오오하시에게 접객을 맡기면 추가로 손님에게 실수할 수도 있다고 판단한 미야모토가 그렇게 말하고, 표정을 단숨에 영업 모드로 바꾸어 가게 입구 쪽으로 향한다.

일단은 자리를 비워도 괜찮겠다 싶어서 아마네는 오오하시를 걱정하면서도 마히루를 데리고 안쪽 휴게실로 향했다.

커피를 옷에 먹이게 된 마히루는 평상시라면 좀처럼 볼 기회가 없을 종업원용 공간이나 찻집의 구조가 흥미진진한 듯 조심스럽게 시선을 여기저기로 옮기고 있다.

휴게실에 도착해 비치된 소파에 앉게 한 뒤, 아마네는 곁에 쭈그리고 앉아 스커트의 얼룩을 확인한다.

마히루도 아마네도 순간적으로 손으로 제방과 댐을 만든 덕분에 웅덩이가 크게 생기는 일은 피할 수 있었지만, 허벅지 부분에 500엔 동전 두 개 크기의 얼룩이 생겼다. 그나마 흰색 바탕이 아닌 만큼 눈에 덜 띄기는 하지만, 그래도 무언가 쏟았다는 것은 바로 알 수 있을 정도로는 물이 들었다.

"미안해, 모처럼 꾸미고 와 줬는데."

"아뇨. 괜찮아요. 가끔은 이런 일도 있으니까요. 얼마 전에 실수로 홍차가 튀어서 묻은 기억도 있는걸요."

천천히 고개를 가로젓는 마히루는 여전히 신경 쓰지 않는 태도라, 오히려 아마네가 더 미안해질 지경이다. 아마네가 이렇다면 오오하시는 더 죄책감이 들겠지. 그 사람은 비난받는 것보다 용서받는 것이 더 타격이 큰 타입이다.

얼룩의 범위를 확인하면서 아마네가 일단 가져온 데이트용 옷으로 갈아입게 할지 생각한 참에 조심스러운 노크 소리가 방에 울렸다.

"이토마키입니다. 지금 괜찮을까요?"

"오너."

작업으로 바쁠 터인 후미카의 목소리에 놀라면서 마히루에게 시선으로 들여도 괜찮냐고 묻자, 고개를 끄덕였다. 그래서 "괜찮습니다."라고 대답하니 금세 문이 열리고, 평소보다 훨씬 더 난감해하는 표정으로 후미카가 들어온다.

그러고 나서 소파에 앉아 있는 마히루를 보더니, 더욱 눈썹이 처진다.

"모처럼 찾아와 주셨는데 이런 일이 생긴 점, 정중히 사과드립니다. 오늘 대금은 가게에서 내겠습니다. 의복의 세탁 비용은 저희에게 전액 청구해 주십시오. 만일의 경우가 있으니 한번 병원에서 진료받으시고, 진료비 쪽도 이쪽으로……."

"그, 그렇게 걱정하지 않으셔도. 식은 거였고 직접 닿은 건 아니니까요……."

몰아치는 사죄에 마히루가 아까보다 더 힘차게 고개를 젓지만, 후미카의 표정이 풀어지는 일은 없다.

"그렇다 해도 저희 가게가…… 앞으로 남자친구와 보낼 시간을 기대하셨을 텐데, 그걸 엉망으로 만든 건 사실이니까요."

매우 슬픈 기색으로 아마네에게는 은근히 불필요한 정보를 입에 담는 후미카 때문에 이번에는 아마네가 당황할 차례였다.

"에, 아, 아마네 군 말했었어요?"

"아니, 조기 퇴근의 사유로 일단 말한 거니까."

"무척 들떠 있었거든요. 소소한 데이트라고. 여자친구가 기대해 줘서 기쁘고 자기도 기대되니까 당일은 꼭 성공시켜야 한다면서. 접객 태도를 다시 점검하거나 웃는 걸 의식하거나. 오늘만 해도 손님이 오시기 전에 가끔 거울을 보며 머리가 흐트러지지 않았나 신경 쓰거나, 아직 안 오려나 하고 정기적으로 입구를 힐끔거리거나."

"잠깐잠깐. 말하지 마세요, 제발."

그야 조기 퇴근 이야기를 꺼냈을 때 사정을 설명했고, 후미카의 성격을 이용하는 건 나쁘다고 생각하면서도 마히루와의 데이트를 기대하고 있다고 설명해 조기 퇴근을 승낙하게끔 했다. 그리고 다른 날 근무 중에 오늘을 긴장과 기대로 기다리고 있다고도 말했지만, 설마 여기서 그 이야기를 꺼낼 줄은 몰라서 아마네는 얼굴을 감싸고 싶어졌다.

이런 건 부끄러움 탓에 본인에게 들려주고 싶지 않지만, 후미카는 이번 사고를 미안하게 여기는 탓에 아마네가 오늘을 위해 얼마나 준비했는지를 설명하고 있었다.

그만해 달라고 신음할 뻔한 아마네를 아랑곳하지 않고, 마히루는 눈을 동그랗게 뜨더니—— 그대로 확 빛냈다.

"아뇨, 더 말해주세요."

"마히루?!"

"그, 그게, 아마네 군이 그렇게까지 얼굴에 드러내는 것도, 남한테 말하는 것도 드문 일이니까……."

"어쩔 수 없잖아……. 실제로 기대되긴 했으니까."

냉정한 척하면서 속으론 사실 들떠 있었다는 사실은 알려지고 싶지 않았지만, 후미카가 폭로해 버렸으니 이제 뻔뻔하게 나갈 수밖에 없다.

"마히루가 일하는 나를 보고 기뻐해 주는 얼굴을 보는 걸 기대했고, 우리는 이렇게 밖에서 만나는 데이트한 적이 없었으니까. 그리고 오너한테 마히루랑 있었던 이야기를 했더니 기대하는 눈빛으로 봤다고 할까."

"그건 그, 역시 삶의 활력소가……."

"활력소……?"

"신경 쓰지 마."

후미카의, 아마네가 봤을 때는 나쁜 버릇에 가까운 '그것' 이 드러난 결과지만, 마히루가 그걸 일일이 이해할 필요는 없다.

"흠흠." 하고 목을 가다듬어 일단 분위기를 바꾼 뒤, 본래 목적을 달성하고자 마히루의 스커트를 본다.

"아무튼, 얼룩을 지워야지. 아, 오너. 갈아입을 만한 옷이 있을까요?"

"여분의 유니폼이라도 괜찮다면 있어요."

요식업이다 보니 불의의 사고로 종업원의 옷이 엉망이 되는 일도 있어서, 사이즈별로 예비를 어느 정도 갖추고 있다고 한다.

임시로 갈아입는 거긴 해도 마히루가 남자 바지 밑단을 질질 끄는 사태는 피해서 안도하는 아마네를 보고, 후미카는 조금 전의 미안해하던 표정에서 왠지 조금 아쉽다는 듯한 표정으로 바뀌었다.

"귀여운 옷을 상비해 둘 걸 그랬네요."

"아무리 마히루가 귀엽다고 해도 옷 입히기 인형으로 만들려고 하지 마세요."

"보는 앞에서 여친 자랑, 감사합니다."

이 사람은 뭘 말해도 기쁨을 찾아내는 거 아닐까? 그런 의혹이 생긴 참에, 아마네는 더 말하지 말자고 포기하고 후미카가 옷을 가지러 자리를 비우는 것을 지켜보았다.

여자 탈의실에서 마히루가 옷을 갈아입는 사이, 아마네는 자리를 비워 마히루의 스커트에 생긴 얼룩을 지우고 있었는데, 방금 생긴 큰 얼룩 말고도 여기저기 튄 작은 얼룩도 발견했다.

그래서 꼼꼼하게 물로 헹구고 물과 중성 세제를 섞은 것으로 살살 뺀 결과 거의 지워졌다고 해도 과언이 아닌 상태가 됐는데, 생각보다 튄 범위가 넓어서 지우느라 스커트가 제법 물에 많이 젖어 버렸다.

손질하기 까다로울 것 같은 스커트를 힘껏 짤 수도 없어서 타월로 최대한 물기를 흡수했는데, 제법 젖어서 이걸 입힐 수는 없겠다고 생각하며 휴게실로 돌아오니, 마히루가 이미 옷을 갈아입고 기다리고 있었다.

어째서인지 다 갖춰입은 상태로.

"정말 잘 어울리시네요."

태평하게 찬사를 보내는 후미카에게 악의는 조금도 없어 보인다.

더러워진 건 스커트니까 아래에 입을 것만 내주면 될 텐데도 유니폼 세트를 제공한 점에서 선의인지 악의인지 모를 무언가를 느꼈지만, 아마 본인의 성격을 생각하면 선의겠지.

확실히 후미카의 말대로 굉장히 잘 어울린다.

슬쩍 보고 체형을 파악하는 아야카의 수수께끼 능력이 후미카에게도 있는지 없는지, 마히루가 입고 있는 유니폼은 그 체형에 딱 맞는다고 해도 좋다.

이런 옷은 사이즈가 안 맞으면 볼품없어지는 경우가 많은데, 예쁘게 신체 라인을 적당히 커버하면서 아름답게 보일 수 있는 딱 좋은 정도의 느낌이라서 '원래부터 일하고 있었는데요. 무슨 문제라도?' 같은 느낌으로 잘 어울린다.

오오하시는 미인 분위기와 인상이지만, 같은 옷이라도 마히루의 인상은 귀여운 쪽으로 기운다. 왠지 머리 모양까지 옷에 맞춰 시뇽 스타일로 올린 건 십중팔구 마히루가 도중에 신을 낸 결과겠지.

마히루는 평소 입지 않는 아르바이트 유니폼에 들떴는지 아마네가 등장하자, "보세요."라며 웃는 얼굴로 팔을 벌려 어필한다. 너무나도 사랑스러워서 여기에 후미카가 없었다면 끌어안고 귀여워해 줬을 것이다.

© Hanekoto

예상 밖의 귀여운 것을 봐서 만족스럽긴 하지만, 그것과는 별개로 왜 여기까지 갈아입혔냐며 후미카에게 매서운 눈빛을 보내는데, 후미카는 아랑곳하는 기색 없이 여유롭게 생긋 웃는다.

"사이즈가 맞는 게 있어서 다행이에요."

"일부러 챙겨주셔서 감사합니다. 지금 무척 득을 본 기분이에요. 이러고 있으니까 아마네 군과 일하고 있는…… 기분이 들어서 감사하다고 할까요."

그렇게 미소 지으며 아마네 옆으로 오는 마히루의 얼굴이 너무 눈부시니, 이 얼굴을 다른 사람에게 보여주면 안 되겠지. 틀림없이 손님의 마음을 함락할 것 같다.

좋은 기회라며 후미카에게 허락을 받고 나서 아마네와 사진을 몇 장 찍는 마히루가 너무 행복해 보여서 쑥스러운 나머지 뺨이 간지러웠다.

"어머, 저로서는 실제로 같이 일해 주셔도 되는데요……."

"아뇨. 저는 보호자의 허가가 떨어지지 않아서요."

후미카의 농담 같은 권유에 마히루는 변함없는 웃는 얼굴로 딱 잘라 거절했다.

"게다가 지금부터라면 익숙해지고 조금 지나서 그만두게 될 것 같으니까요. 말씀해 주셔서 감사하지만, 받아들일 수는 없겠네요."

부드러운 말투와 목소리, 눈부신 미소도 그대로지만, 어딘가 말속에 딱딱한 느낌이 난다. 후미카는 그걸 받아들이고 온화하게 같이 웃어 주었다.

"어머, 그런가요, 아쉽네요."

아마 무언가를 감지한 거겠지. 섣불리 반응하는 일 없이 선선히 물러나는 걸 보며, 아마네는 되도록 아무것도 느끼지 않은 것처럼 표정을 바로잡고 마히루를 슬쩍 보았다.

아마네는 알 수 있지만, 손으로 눈을 가리고 싶을 정도로 아름답고 화려하게 웃는 얼굴에 그늘이 조금 졌다.

아르바이트는 학교의 허가가 필요하지만, 그 이전에 부모가 서류에 서명 또는 날인해 허락하는 과정이 필요해진다. 미성년자니까 당연하지만, 마히루는 사정이 다르다.

마히루는 최대한 부모와 연락하지 않으려고 한다.

한 번 봤던 마히루의 어머니도 불필요한 일로 부르지 말라는 말을 마히루에게 들이댄 적이 있다. 그래서 마히루는 어지간한 일이 아니면 부모에게 연락하지 않는다.

아마네의 감각으로는 한 번 봤을 때 가혹하다는 단어가 가장 먼저 떠오를 뻔했던 어머니는 어쨌든, 비교적 차분한 아버지는 큰 문제 없이 연락이 닿을 것 같다고도 생각하지만, 마히루 시점에서는 이제 와서 섣불리 엮이고 싶지 않다는 마음이 강한 듯하다.

아마네도 그것으로 마히루의 마음의 평온이 지켜진다면 그게 낫다고 생각한다. 그리고 실제로 아마네도 이제 와서 그럴 필요가 있냐고 생각하기에 마히루가 직접 말하지 않는 이상 최대한 화제로 삼지 않고, 언급하지 않는다.

이번에도 너무 신경을 썼다간 역효과인 걸 아니까 자연스러운 표정을 유지하려고 애썼는데, 마히루에게는 들킨 듯 슬쩍 쓴웃음이 떠올랐다.

괜찮아요. 붉게 물든 입술이 천천히 소리 없이 그 말을 자아낸다.

이게 무리하고 있거나 강한 척하는 거라면 아마네도 말했겠지만, 마히루의 분위기로 보아 과도한 걱정은 필요 없다며 자기 자신을 타이르고, 시선을 슬쩍 올렸다.

"저기, 직접 찾아뵙는 게 늦었지만, 다시 한번 말하고 싶어요. 아마네 군의 생일 때 협력해 주셔서 고맙습니다."

평소 표정으로 돌아온 마히루가 후미카에게 몸을 숙여 인사했다.

아마네가 괜찮다고 할 때까지 가능하면 일하는 데 오는 건 자제해 주면 좋겠다는 부탁을 성실하게 지킨 마히루와 인사는 됐으니까 둘이 화기애애하게 지내는 걸 보여주면 된다는 후미카의 취미가 맞물린 결과, 여태까지 직접 만나러 오는 일은 없었던 모양이다. 마히루는 아야카를 통해 보답하는 선물과 편지를 보냈다고 하지만.

"아뇨아뇨. 저야말로 활력소를 주셔서 감사합니다. 작업이 아주 잘됐어요."

"작업이……?"

"마히루, 오너한테는 깊이 파고들지 않아도 되니까."

마히루에게 쓸데없는 개념을 추가하지 말아 달라고 눈빛으로 간청해도 후미카는 아마네의 호소에 생기 넘치는 미소만 돌려줄 뿐이다.

"잘 모르겠지만 양식이 되었다니 다행이네요."

"네, 아주 맛있게 먹었습니다. 제가 감사해야 할 정도죠. 조금이라도 두 분의 행복을 돕는 일이 되었다면 바라는 바인걸요. 저는 행복한 커플을 정말 좋아하거든요."

"가, 감사합니다……?"

"동기는 어찌 됐든 저도 정말로 감사하고 있어요. 언제나 고맙습니다."

"고맙다는 말을 들을 일은 안 했는데요. 후후."

이 사람을 멈출 수 있는 사람은 없을 것 같아서 그만 포기하고 무시하며 아마네도 고개를 숙이자, 후미카의 웃음소리가 들려왔다.

"두 분은 정말로 사이가 좋은 것 같아서 다행이에요. 보고 있으면 마음이 아주 따뜻해집니다."

"감사합니다……."

"후지미야 군은 항상 성실하게 일하니까 오너로서도 기쁘지만, 여자친구와의 시간이 적어진 게 아닌지 걱정해서…… 서로 이해하고 지켜봐 주고 있다면 다행이네요. 모처럼 여자친구를 생각해서……,"

"후미카 이모 스톱, 두 사람한테 너무 참견하지 마."

지금 단계에서는 마히루에게 들려주고 싶지 않은 말을 할 뻔한 후미카를 아마네가 멈추기 전에, 문이 열리는 소리와 귀에 익숙한 목소리가 후미카의 말을 가로막았다.

학교에서 자주 듣는 목소리에 반사적으로 문으로 고개를 돌리자, 평소 하나로 묶은 머리를 푼, 누가 봐도 사복 차림인 아야카가 종이봉투를 안고 서 있었다.

"키도 양……?!"

"네~ 시이나 양이랑 아마네 군. 아, 아마네 군 유니폼 잘 어울리네, 시이나 양도 기대한 보람 있었겠어."

멋진 윙크가 곁들여진 시원스러운 감상을 듣고 그러고 보니 아야카는 본 적이 없었다는 생각을 하면서, 어째서 종업원도 아닌 아야카가 이 자리에 있는지 곧바로 의문이 떠오른다.

"어, 왜 키도가 여기에."

"이모가 갈아입을 옷을 가져다 달라고 했거든. 우리 집은 여기서 별로 멀지 않으니까 딱 좋았어. 여기 유니폼 입혀서 보낼 순 없으니까 말이야, 옷은 빨아서 젖었을 테고 세탁소에 맡기는 편이 좋을 테니까 서둘러 달려왔습니다."

커피를 쏟은 시간상 아마 보고를 듣고 나서 바로 부탁했겠지.

아무리 그래도 화이트데이에 급하게 불러낸 게 미안했는지 눈에 띄게 눈썹과 어깨가 처진 후미카가 미안해하고 있다.

"이 시기에 아야카 씨를 번거롭게 해서 정말 미안해요."

"신경 쓰지 마세요, 곤란할 때는 서로 도와야 하니까. 시이나 양도 미안해. 오늘 하루 아마네 군의 유니폼 차림을 만끽할 예정이었잖아. 내가 보면 좋지 않지."

이러니저러니 해도 마음 쓰는 능력이 좋은 아야카는 여러모로 배려해 주고 신경도 써 준다. 그래서 아마네가 일하기 시작한 이유가 마히루에게 알려지는 것을 막으려 했고, 마히루를 생각해서 아마네가 일하는 모습도 안 보게 조정해 주고 있었다.

이번에 어쩔 수 없는 일이라곤 해도 아마네의 가게 유니폼 차림을 본 게 미안했던 모양인지 아야카는 종이봉투 손잡이를 옆구리에 끼고 나서 마히루에게 두 손을 모으며 미안해하는 포즈를 취했다.

"아, 아뇨. 어쩔 수 없는 일이고, 무척 만족했으니까요……. 멋졌어요."

"우후후. 그렇다면 다행이네. 나도 소개해 준 보람이 있었어. 아, 이거 갈아입을 옷. 일단 아직 안 입은 걸로 골랐는데 센스가 나쁘다면 미안해. 서둘러 고르다 보니 개인적으로 시이나 양이 입어 보면 좋겠다는 옷이 돼 버렸어."

"아뇨, 감사합니다. 도움이 됐어요."

"좀 있으면 퇴근이지? 나는 방해하면 안 되니까, 볼일은 다 봤으니 후다닥 가 볼게."

정말로 갈아입을 옷만 전해주려고 온 듯, 옷이 든 종이봉투를 마히루에게 건네고 돌아가려는 아야카에게 아마네도 미안해졌다.

"일부러 옷만 전해주려고 왔군요……. 바쁘신 와중에 정말 감사합니다."

"키도, 정말 고마워. 나중에 따로 보답할게."

"뭘 그런 말씀을. 다름 아닌 이모님 부탁이고, 심부름 값으로 남은 쿠키 가져가도 된다고 했으니까 신경 안 써도 돼! 그리고 바쁘다고 할까, 근처에서 소우짱이 기다리고 있거든. 같이 와 줬어."

"어? 왜 안 들어온 건데."

아무리 아직 저녁이라 해도 겨울은 해가 일찍 저문다. 이미 어두워져 하늘에 밤의 장막이 깔리려는 참이니까 아야카의 남자 친구인 소우지가 바래다주는 건 이해할 수 있지만, 들어오지 않는 이유를 도통 모르겠다.

오늘은 출근하지 않았다고는 해도 소우지는 종업원이니까 종업원 구역에 들어와도 문제없을 텐데. 그런 뜻으로 아야카를 보자, 천천히 고개를 가로저었다.

"아니, 아무래도 시이나 양이 있고 옷이 필요하다면 지금 어떤 차림인지도 모르는 거니까. 그리고 그냥 미야모토 선배한테 붙잡혀 있었어."

"아……."

화이트데이에 출근하지 않는, 여자친구가 있는 녀석이라는 이유로 미야모토에게 놀림당하고 있는 거겠지. 대충 예상이 간다.

"그러니까 빨리 구출해서 집에 가 소우짱을 만끽할 작정이야. 그런고로 소인은 이만 물러가겠소이다, 뿅."

사무라이인지 닌자인지 확실히 하라고 딴지를 걸고 싶어지는 퇴장 대사를 입에 담고 휴게실에서 잽싸게 빠져나가는 아야카를 보고, 마히루와 얼굴을 마주 보고 그만 웃어 버렸다.

"후지미야 군은 이제 퇴근해도 돼요. 이런 시간이고 하니, 여자친구를 바래다주세요."

"어? 하지만 좀 이르지 않나요."

벽시계를 보니, 바늘이 가리키고 있는 것은 본래 예정했던 퇴근 시간 15분 전.

안 그래도 오늘은 멀쩡하게 일한 시간이 적었으니 마지막 정도는 확실히 일하고 나서 퇴근하려고 했는데, 후미카는 그런 아마네의 생각을 꿰뚫어 본 듯이 느긋하게 웃었다.

"원래 지금 계절의 밤은 손님이 적기도 하고, 일손은 충분하니까 괜찮아요. 폐를 끼친 것에 대한 조촐한 사과라고 생각해 주세요. 아, 하지만 오오하시 씨가 풀이 죽었으니까 잘 말해 주세요."

"그건 오오하시 선배 탓이 아니니까요……. 감사히 퇴근하겠습니다."

본인이 엎지른 것도 아닌데도 책임을 느끼는 듯한 후미카에게 너무 사양하는 것도 나쁠까 싶어 호의를 고맙게 받아들이기로 하고, 마히루 쪽으로 몸을 돌린다.

"마히루, 옷 갈아입고 여기서 기다려 줄래? 나도 퇴근 찍고 옷 갈아입고 올 테니까."

"네, 기다리고 있을게요."

종업원 복장을 한 마히루가 귀엽긴 하지만, 역시 평소의 마히루가 좋다. 그렇게 생각하면서 한 번 머리를 쓰다듬고 휴게실을 나간다. 뒤에서 후미카의 좋아하는 웃음소리가 들려오는 바람에 보는 앞에서 하지 말 걸 그랬다, 후미카가 나가고 나서 할 걸 그랬다 하고 후회했지만, 말 그대로 엎질러진 물이겠지.

새삼 부끄러워져서 입술을 우물거린 아마네는 탈의실로 돌아가기 전에 일단 홀에 얼굴을 내비치러 갔다.

아마네 일행이 자리를 비운 사이 몇 팀인가 손님이 들어온 모양이지만, 홀이 두 사람으로도 충분히 돌아가고 있어서 일단 안심했다.

다만 카운터 옆에서 대기하고 있던 오오하시가 손님들에게 보이지 않는 각도로 표정을 어둡게 하고 있어서, 슬쩍 봐도 풀이 죽은 것을 잘 알 수 있었다. 이제 동요하는 기색은 없지만, 그래도 기분이 바닥을 치고 있는 것은 확연하다.

"오오하시 선배. 옷에 진 얼룩은 깨끗하게 지워졌으니까 괜찮아요."

"정말로……? 그렇다면 다행이지만, 그래도 괜찮은 건 아니잖아……."

"괜찮은 거 맞으니까 너무 우울해하지 마세요. 마히루도 화가 안 났을 거고요."

실제로 마히루는 화가 났다기보다는 곤혹스러움과 놀라움이 더 컸던 것처럼 보였고, 그 뒤에 있었던 옷 갈아입기 사진 촬영으로 결과적으로는 평범하게 카페를 즐기는 것보다 훨씬 더 즐거워 보였다.

물론 아마네가 마히루의 감정을 단언해도 되는 건 아니지만, 기분이 바닥을 칠 정도로 오오하시가 우울해하지 않아도 되는 수준이라고는 말할 수 있다.

"화내고 말고 그런 문제가 아니라, 뭐랄까…… 여자애가 한껏 꾸미고 와서 남친과 하는 데이트를 기대하고 있었는데 엉망으로 만들었다는 사실이, 나한테는 대미지가 크달까. 내가 당하면 엄청 쇼크일 건데…… 남한테 해 버렸다는 게……. 이벤트 같은 건 기억에 남으니까 말이야, 행복한 추억만 남기고 싶잖아. 나중에 떠올리고 정말 행복했었지 하고 생각할 수 있는 기념일이 더 좋잖아?"

"그건 그렇지만요……."

"화내진 않았을 건 나도 알아. 그것과는 관계없이 내 심적인 문제야."

오오하시는 아마네의 위로를 믿지 않는 게 아니라 그 말이 사실이라고 예상한 상태에서 바짝 움츠러들었다.

커피를 엎지른 것에 대한 반성과 비슷한 크기로 자기 자신에게 실망한 듯한 오오하시를 위로하려다가, 양심의 가책 문제라면 아마네가 손쓸 방법은 없다고 깨닫고 섣부른 발언을 도로 삼켰다.

이쯤 되면 본인이 어떻게 받아들일지 지켜볼 수밖에 없다.

"그렇다면 제가 손쓸 방법은 없네요. 마히루의 마음까지는 완벽하게 알 수 없으니 단언할 순 없어도, 저는 괜찮다는 것만 기억해 주세요. 나중에 이런 일이 있었다고 떠올리며 서로 웃을 수 있을 거니까요."

오오하시의 말대로 행복한 추억을 남기고 싶고, 가능하다면 쓰라린 기억이 없는 게 낫다.

다만 이번 화이트데이는 오오하시가 생각하는 쓰라린 기억이 되지 않을 것 같다.

"그리고 마히루는 임시로 갈아입은 유니폼을 입고 신이 났던데요."

천천히 고개를 든 오오하시에게 슬쩍 쓴웃음을 지으며, 아마네는 아까 본 마히루를 떠올린다.

"평소 못 해 보는 걸 해서 운이 좋았다고. 커플 사진 찍고 만족하는 것 같아요. 보물로 삼겠다고 말했으니까요."

머리 모양까지 완벽하게 다시 만지고 아마네와 똑같은 차림으로 나란히 서서 천진난만하게 기뻐하는 마히루를 보고 누가 불행하다고 생각할까.

일어난 일은 불행한 사고였을지도 모른다. 하지만 그 해프닝에서도 즐거움을 찾아내 이벤트로 바꾸는 마히루는 이번 사고도 느긋하게 받아들이고 일어난 일에서 새로운 의미를 찾아내 결과적으로 즐기고 있었다.

물론 집에 가면 아마네도 다시 신경을 써서 마히루가 참지 않았는지 확인할 거지만, 마히루가 스스로 즐거움을 잘 찾아낸다는 것만은 확실하다.

그 기억에 오늘이 어떻게 남을지, 아마네는 나중에 다시 물어보기로 했다.

한순간 눈가의 물기가 한계에 달할 것 같았던 오오하시에게 웃으며 말한다.

"먼저 가겠습니다. 수고하세요."

"수고했어……."

마침 벨이 울려서 테이블로 갈 용무가 생긴 오오하시에게 말을 걸자, 아까보다는 기운을 차린 목소리로 수고했다는 말이 돌아왔다.

익숙한 건지 접객용의 밝은 얼굴로 호출에 응하러 가는 것을 지켜보며, 교대하듯 빈 테이블 위를 치우고 돌아온 미야모토에게 다가간다.

쟁반에 접시와 컵을 담아서 돌아온 미야모토는 아마네가 태연한 느낌으로 돌아온 것에 조금 안도한 듯했다.

"여친은 괜찮았어?"

"네. 이쪽은 문제없어요. 오너의 배려로 일찍 퇴근하게 됐는데 괜찮을까요?"

"한낮에 비하면 완전 여유롭지. 오너도 나중에 주방이나 홀로 나올 테고, 이런 일이 있으면 당연히 빨리 돌려보내고 싶어질 테니까."

"그러면 잘 부탁드릴게요. 아, 오오하시 선배 좀 잘 챙겨주세요. 그리고 지금은 세게 말하면 절대로 안 되니까요. 풀이 완전 죽었거든요."

"나도 알아. 나도 너무 세게 말했어."

슬쩍 덧붙인 말에 미야모토가 겸연쩍은 얼굴을 한다.

미야모토는 기본적으로 누구에게나 친근하고 시원시원하면서도 냉정한 성품이라서 형님 같은 존재지만, 오오하시만은 감정적으로 대하기 일쑤다. 남을 대하는 태도가 더 상냥하고 정중할 정도다.

여러모로 꼬인 결과로 그런 태도인 거니까 아마네는 좀 더 부드럽게 대하는 것이 오오하시도 더 솔직해질 수 있을 거라며 남몰래 안타까워하고 있었다.

"뒤에서 잡아주는 건 중요하겠지만, 너무 힘을 줘서 때리지 마세요. 오오하시 선배는 그런 부분이 섬세하니까요."

"그것도 알지만, 왜 네가 아는 체하는 건데."

"저는 선배들 모두에게 상담을 받는 사람이니까요. 미야모토 선배가 모르는 오오하시 선배의 고민도 있거든요."

아마네가 남들에게 말하지 않고 묵묵히 들어서 그런지 미야모토가 푸념을 늘어놓는 일이 있다. 그것과 비슷하게 오오하시도 고민이나 푸념을 털어놓는 일이 있다. 개인 정보니까 퍼뜨리지는 않지만, 대체로 서로에 대해 푸념하고 있다.

듣는 사람의 의견은 오직 하나. 빨리 서로에게 솔직해져라.

'미야모토가 모르는' 이라는 말에 미묘하게 눈빛이 싸해진 미야모토에게 살짝 공포를 느꼈지만, 그건 내색하지 않고 아무것도 모르는 것처럼 시치미 떼는 표정을 지었다.

"자, 저를 째려보기 전에 잘 챙겨주고, 고민을 털어놓게 해주세요. 그리고 손님 오셨습니다."

문에서 종소리가 들려서 재촉하자, 미야모토는 순식간에 접객 모드가 되어 온화한 미소를 짓고 입구를 향했다. 여전히 태세 전환이 대단하다고 감탄하면서 미야모토의 사랑이 보답받기를 작게 빌었다.

"기다렸지. 기다리게 해서 미안해."

챙겨온 사복으로 갈아입고 휴게실로 돌아온 아마네를 옷을 갈아입은 마히루가 맞이해 주었다.

후미카는 이미 휴게실에 없으니까 사무용 공간이나 홀로 나간 거겠지.

"아뇨, 괜찮아요. 별로 안 기다렸고, 기다리는 것도 즐거움인걸요."

"기다리게 했다는 거잖아."

"5분, 10분 정도로 지칠 만큼 성격이 급하진 않거든요? 그리고 아마네 군이 오늘은 어떤 옷을 입고 올지 예상하면서 즐기고 있었으니까요. 잘 어울려요."

"딱히 기대에 부응할 만한 건 아니지만."

일단 신경을 써서 고르기는 했지만, 진한 회색 니트와 흰 셔츠 세트에 네이비 테이퍼드 팬츠, 재킷을 걸친 수수한 복장이 되었다. 마히루가 기뻐할 점이라면 작년 크리스마스에 선물로 받은 머플러를 두르고 있는 점일까.

서로 선물한 것을 몸에 걸친다는 건 왠지 낯간지럽지만, 마히루의 표정에서도 기쁨을 찾아낼 수 있었다.

"그 옷도 잘 어울려. 키도의 안목이면 이렇게 되는구나."

"제가 별로 안 입는 타입이라 신선하네요."

"이런 오버사이즈 옷도 귀엽네. 나중에 키도한테 고맙다고 해야겠어."

마히루가 입은 건 데님 소재의 넉넉한 멜빵바지와 흰 바탕에 귀여운 고양이, 토끼 그림이 가슴팍을 장식한 후드 티. 장난치는 느낌이 강한 옷인지 후드 티를 개성 있게 마무리하는 그림에는 말장난하는 대사가 있어서 참으로 묘한 맛이 있다.

아래를 보니 밑단이 약간 남은 탓인지 한 번 접은 모습에서 마히루와 아야카의 신장 차이를 느꼈지만, 너무 말하면 조금 토라질 것 같아서 아무 말도 안 하기로 한다.

마히루는 여러 장르의 옷을 입지만, 본인 취향인지 보이시한 건 별로 입은 기억이 없으니까 이런 차림은 조금 신선했다.

"이 재미있는 후드 티 어디서 팔까요, 다른 시리즈가 있다면 다른 그림을 사서 아마네 군이랑 맞춰서 입고 싶어요."

"나한테도 이런 걸 입히겠다는 거야?"

"맞춰서 입으면 괜찮잖아요? 재밌잖아요."

유쾌한 그림이 그려진 후드 티가 몹시 마음에 든 듯한 마히루가 킥킥거리며 놀리듯 재미있게 웃는다. 아마네는 기가 막히면서도 나중에 아야카에게 연락해 이 브랜드를 파는 곳을 알려달라고 해야겠다고 다짐했다.

옷을 갈아입은 것도 본인은 신경 쓰지 않는 눈치라고 할까, 새로운 취향을 찾은 듯 기분이 좋아진 것을 본 아마네도 표정을 부드럽게 풀며 마히루 곁에 있던 옷이 든 종이봉투를 집었다.

"슬슬 갈까."

"네."

NEKO
NEKON
DORU

손을 내밀자, 망설임 없이 손을 포갠다.

난방이 잘된 공간에 있어서인지 평소보다는 조금 따뜻한 손끝을 잡으며 종업원용 뒷문으로 나가자, 싸늘한 바람이 뺨을 간지럽혔다.

초봄이라고는 해도 역시 아직 겨울의 기운이 강해 밤이 되면 추위가 발밑에서부터 스멀스멀 올라올 정도다.

코트를 걸치고 있는데도 몸을 부르르 떤 마히루는 비어 있는 아마네의 팔에 몸을 기대서 꼬물꼬물 온기를 취하려 하고 있었다.

너무 추운 건 좋아하지 않지만, 지금은 조금이나마 추위가 고마울 정도로 귀엽다.

"마히루는 괜찮아?"

"추위 이야기인가요?"

"아…… 그것도 있지만…… 옷이 더러워졌잖아."

본인은 신경 쓰지 않는 기색이지만, 일단 다른 아무도 없는 데서 물어보자, 마히루는 아직 신경 쓰고 있었냐는 표정으로 아마네를 올려다봤다.

"아아, 그거 말이군요. 저는 딱히 신경 쓸 일도 아니에요. 만약 특별한 날이라서 전통복이나 드레스 차림이었다면 아마 찜찜하고 불안할 테지만, 사복이고 지워지는 거니까요. 오히려 오오하시 씨에게 미안한 짓을 한 기분이에요. 무척 신경 쓰고 계셨으니까요."

"뭐, 풀이 죽어 있긴 했지. 하지만 본인이 정리하지 않으면 어쩔 수 없을 테니까 말이야. 오오하시 선배는 손님이 들어오기 시작해서 사과할 시간도 없었고……."

"그러면 더더욱 힘들어할 것 같네요. 저 대신 정말로 걱정하지 말라고 전해 주세요. 아마네 군이 얼룩도 다 지워 줘서 괜찮으니까요."

마지막으로 본 오오하시는 기운을 제법 차렸지만, 우울함은 계속될 것 같았다. 그래서 왠지 나중에 오오하시가 사과할 기회를 달라고 할 것 같은 예감이 들었다.

만약 그렇게 되면 그때는 마히루와 상의해서 시간을 만들자고 다짐하며, 여전히 기분의 평균치가 높아 보이는 마히루의 얼굴을 살핀다.

"참고로, 종업원 공간 보고 어떻게 생각했어? 일단 치워 놓긴 했는데."

"평소에는 손님이 볼 수 없는 안쪽 장소를 보게 돼서 조금 두근거렸어요."

"백야드는 일하지 않으면 못 보니까 말이야."

"생각보다 뒤쪽 공간이 넓었고, 커피의 좋은 냄새가 났어요. 일하고 집에 온 아마네 군의 냄새가 났어요."

"나 혹시 알바 끝나고 커피 냄새 나?"

음식점에서 일하는 이상 냄새에도 신경 써야 하니까 냄새 제거 스프레이는 탈의실에 상비해 두고 돌아갈 때도 뿌리고 있지만, 그것만으로는 다 없애지 못한 모양이라 귀가했을 때 마히루의 코에 주는 선물이 되었던 것 같다.

"냄새가 지독한 건 아니지만, 커피의 달짝지근하고 그윽한 향기가 은은하게 나요."

"탈취 진짜 신경 써야지."

"어어…… 좋은 냄새인데."

"평소 내 냄새랑 뭐가 더 좋아?"

마히루는 아마네의 냄새를 좋아하는 모양이라, 아주 가끔 나중에 빨려고 거실에 둔 셔츠를 발견하고는 잠시 만끽하고 있을 때가 있다. 즉시 세탁조나 빨래 바구니에 넣지 않은 아마네에게도 잘못이 있지만, 설마 냄새를 맡을 줄은 몰라서 처음에는 꽤 질겁했고, 부끄러우니까 그만두면 좋겠다고 간청했다.

하지만 마히루도 조금만이라며 애절하게 부탁하는 바람에, 땀을 흠뻑 흘린 것만 아니면 된다고 양보하여 재킷이나 잠깐 입은 정도의 셔츠를 마히루가 몰래 즐기는 것을 묵인하게 된 것이다.

평소에는 그쪽을 즐기고 있는 거 아니냐며 지적하자, 마히루는 허둥지둥 얼굴을 추위 이외의 요소로 붉히며 시선을 이리저리 돌린다.

"그, 그걸 물어보는 건 치사하다고 할까요. 맛의 장르 같은 거라고 생각해 주세요."

"나는 왠지 마히루가 여러 장르에 눈뜰 것 같아서 무서워."

"여러 장르라뇨?"

"냄새 페티시라든가 근육 페티시 같은 거."

이미 냄새와 근육, 목소리 쪽에는 페티시라는 표현이 붙을 것 같기도 하지만, 마히루는 예시를 든 시점에서 움직임이 어색해져 있었다.

아마도 짚이는 바가 확실하게 있는 거겠지.

"괘, 괜찮아요. 그래요."

"정말일까?"

"다 합쳐서 아마네 군이 좋다는 걸로 하죠."

"페티시는 부정 안 하네."

"기분 탓이에요……. 아마네 군은 그런 거 없나요?"

"나한테는 없냐고 물어본 시점에서 이미 인정한 거 아니야?"

팔뚝에 들이대듯 머리로 꾹꾹 누르는 마히루.

이렇게 얼버무리려고 하는 게 마히루의 귀여운 버릇이지만, 그걸 지적하면 '으으으.' 하고 신음할 것 같아서 속으로만 생각한다. 그리고 간지럽기만 한 공격을 반복하는 마히루를 마음대로 하게 내버려두면서 빈손에 찬 손목시계를 본다.

예정 시간보다는 이르지만, 하늘은 이미 어두워졌다.

"그나저나 어쩔까? 예정대로 편집숍에 갈까?"

가게는 영업 중이고 학생이 돌아다닌다고 뭐라고 할 시간대도 아니지만, 오늘은 그런 일이 있었으니까 체력이나 기력 문제로 마히루에게 갈 마음이 있을지 어떨지.

모든 건 마히루에게 달렸으니까 가고 싶지 않다면 달리 뭔가 하고 싶은 걸 물어봐서 실행할 것이며, 그대로 가겠다면 즐겁게 쇼핑할 생각이다.

마히루는 아마네의 질문에 눈을 한 번 크게 깜빡이고는, "우응.” 하고 고민하는 소리를 냈다.

조금 고민하고 나서, 딱 붙은 채로 아마네를 올려다본다.

“그건 다음 데이트 때 부탁할게요. 일상에서 쓰는 건 꼼꼼히 고르고 싶으니까 기운이 있을 때 해요. 오늘은.”

“오늘은?”

“평소 가는 빵집이 아직 하니까, 저녁에 먹을 걸 찾으러 가요. 가끔은 전부 산 걸로 해결하는 게 어때요?”

최근 아마네와 마히루가 즐겨 찾는 빵집은 아침 일찍 문을 열어 저녁 7시까지 영업한다.

빵 종류를 제법 많이 갖춘 가게지만 인기가 많다 보니 좋아하는 빵이 남았을지 어떨지는 모르겠지만, 이렇게 늦게 가면 평소 방문하는 시간대에 없는 빵을 팔지도 모른다.

전부 운에 달렸지만, 마히루는 그런 운도 기대하고 있는 듯했다.

“그러게……. 좋은 게 있으면 좋겠는데.”

“바게트나 식빵이 있으면, 내일 아침은 프렌치토스트를 해먹어요.”

“아자. 오늘은 좋은 날이야.”

뜻밖의 보물을 찾는, 정말이지 멋진 데이트가 될 것 같아 웃는 아마네에게, 마히루도 진심으로 즐거운 듯이 얼굴을 활짝 편다.

“후후. 성급해요. 하지만, 그러네요. 아주 좋은 날이에요.”

조금 이르지만 오늘 하루를 그렇게 마무리한 마히루가 아마네의 팔을 꽉 끌어안듯이 달라붙은 뒤 평소보다 들뜬 발걸음으로 역이 있는 방향으로 향하기에, 아마네도 여기에 맞춰 걸으면서 따스한 손끝을 부드럽게 쥐었다.

제10화 찾아오는 봄과 폭풍의 기운

화이트데이가 지난 뒤에는 오오하시의 사죄 돌격 말고 특별한 이벤트도 없이 종업식 날을 맞이했다.

정확히는 연도가 바뀔 때까지 2학년이지만, 감각으로는 이미 2학년이 끝났다는 느낌이 더 강하다.

"왜 나만……."

학생들에게 흔히 있는 교장 선생님 훈화 말씀에 질려서 조는 짓을 몸소 실천한 이츠키는 담임선생님에게 들켜서 따끔하게 혼나고 돌아왔다.

종업식 날은 역시 수업이고 뭐고 없어서 남은 일정이 HR밖에 없는데, 식이 끝나고 HR 전에 호출당한 이츠키를, 아마네는 황당한 기색을 감추지 않고 봤다. 일단 마음속으로 한 가지 변호해 주자면, 어젯밤에는 공부하느라 제법 늦게 잤는지 아침 등교가 아슬아슬했으니까 졸음을 이기지 못했던 거겠지.

"우리 담임은 의외로 그런 거에 엄격하니까 말이야. 아까도 자꾸 주의를 줬잖아. 수험생이 되면 어쩌고저쩌고 하면서. 이야기가 길어져서 다른 반은 평범하게 해산한 거 복도 보니까 알겠던데."

지금은 이미 HR도 끝나고 해산해서 학생들은 제각기 해방감에 찬 얼굴이나 그저 귀찮아 보이는 얼굴, 이제 곧 수험생이라는 불안에 쫓기는 얼굴 등 다양한 표정으로 귀가하고 있었다.

아마네는 어느 쪽인가 하면 해방감이 있는 쪽이다. 수험생이 되는 것에 대한 불안은 있지만, 자기 속도를 유지하며 타락하지 않고 날마다 정진하자는 마음가짐으로, 준비는 하되 휴식도 확실히 취한다는 자세다.

"젠장. 다른 애들은 안 들킨 게 억울해."

"포기해, 다른 애들은 고개만 살짝 숙였는데 넌 노골적으로 잤으니까."

이 반에서는 이츠키 혼자 그랬지만, 다른 반에서도 몇 명인가 종업식 중에 꾸벅꾸벅 조는 게 아마네의 눈에도 보였다. 그들은 다행히 교사들의 시선이 닿지 않는 자리에 있어서 화를 면한 모양이다.

"크윽." 하고 억울해하는 이츠키를 싸한 눈으로 보고 가방 안에 필통이나 서류가 든 케이스를 집어넣는 아마네에게 이츠키가 "넌 그런 부분에서 차갑단 말이지."라고 푸념하기에, 지금 와서 무슨 소리를 하냐는 시선을 돌려준다.

"난 잘못이 없는 사람한테는 상냥하다고."

"나한테 잘못이 있다는 거냐!"

"아무리 생각해도 자업자득인데……."

억양 없는 목소리로 느긋하게 하는 말을 들으면 졸리는 건 이해하지만, 그걸 이성과 근성으로 참는 게 인간이다. 얼핏 무의미한 말처럼 들려도 중요한 이야기일 경우가 있으니까 들어둬야 한다.

그것과는 별개로 끝까지 들은 아마네의 감상이 '심심풀이 잡담인가?' 였다는 사실은 이츠키에게 말하지 않기로 한다.

일부러 툴툴대는 티를 내면서 집에 갈 준비를 한 아마네는 이츠키의 짐을 슬쩍 봤다.

작년과 달리 이츠키의 짐은 적다. 당연한 것처럼 교과서까지 사전에 싹 챙겨간 것은 수험생 의식이 생겼다는 뜻이겠지.

"그러고 보니 작년에는 네가 난데없이 우리 집에서 자려고 했었지."

"그랬지, 그랬어. 아버지랑 대판 싸웠었거든."

물론 지금도 평범하게 싸우긴 한다며 떫은 표정으로 덧붙이는 이츠키를 보며, 지금부터 대략 1년 전에 있었던 갑작스러운 숙박 사건이 그리운 기억처럼 느껴졌다.

"진짜 직전에 말 꺼내는 녀석이 어디 있냐고 생각했으니까, 아무리 아침에 싸웠다고 해도 보통은 놀라. 집에 재워줄 수 있을 정도로 정리된 것에 고마워하라고."

"시이나 양, 고마워."

"야."

"부르셨나요?"

왜 지금 마히루 이름이 나오냐고 딴지를 걸려고 했더니, 본인이 불쑥 얼굴을 내밀었다.

볼일이 생긴 마히루가 조금 전까지 교실에 없어서 기다리고 있었는데, 너무 딱 맞는 타이밍에 이츠키도 "오오……." 하고 감탄사를 내뱉고 있다. 참고로 치토세도 마히루를 따라갔었는지 뒤에서 바인더를 한 손에 들고 나타났다.

"선생님 쪽 볼일은 끝났어?"

"네. 방금 제 이름을 불렀는데 무슨 일이 있었나요?"

이름이 불린 건 들린 모양이지만, 그 경위까지는 듣지 못한 듯 마히루가 고개를 갸우뚱한다.

"아…… 아니, 작년 이맘때 아마네 집에서 자고 갔잖아? 그때 갑자기 들이닥쳤는데도 정리되어 있었으니까 재워줄 수 있었던 거라고 아마네가 말하길래. 그래서 정리할 계기와 노하우를 만들어 주었을 시이나 양에게 감사한 거지."

"후후, 그렇군요. 그렇다면 그 말은 감사히 받을게요."

"마히루까지."

확실히 마히루가 특별히 애쓰고 청소 기술을 전수한 결과, 아마네의 집은 마히루를 알기 전후로 몰라보게 달라졌다.

바닥에 물건을 두지 않게 되었고, 창문틀에 먼지가 쌓이는 일도 없고, 마루는 반짝반짝하게 유지하게 되었다. 그 덕분에 무언가에 발이 걸려 넘어질 뻔하는 사태가 생기는 일은 없어졌고, 양말 한 짝이 사라져서 수색하는 일도 없어졌으며, 이츠키가 잘 이불도 여유롭게 깔 수 있었다. 남에게 문제없이 보여줄 집을 유지할 수 있게 된 점에선 마히루의 공로가 크다.

이츠키는 아마네의 집이 그야말로 어수선하다 못해 혼돈 상태였던 시절을 알기에, 그 변화에 가장 놀랐을지도 모른다.

“그야 아마네 군을 처음 만났을 무렵에는 방이 너무 지저분했는걸요.”

“그, 그야 그랬겠지만 말이야.”

“옳소, 옳소.”

“마히루가 말하면 받아들일 수 있는데 이츠키 네가 말하면 납득이 안 가.”

“편애다, 편애.”

“그래 편애다. 불만 있어?”

이츠키를 특별 취급하는 게 더 싫지 않겠냐며 코웃음 치자, 이츠키가 끙끙대는 소리가 교실에 작게 울렸다.

“이 자식, 진짜 뻔뻔하네.”

“아마네가 마히룽 편애하는 건 옛날부터 그랬잖아. 무슨 소리하는 거야.”

황당해하는 치토세의 말이 아마네로선 조금 복잡하지만, 부정할 수 없기에 이츠키와는 다른 의미로 신음할 수밖에 없다.

“치이는 내 편이지?”

“그야 잇군 편이지만. 잇군은 엄청 눈에 띄는 위치에서 조는 건 진짜 아니야. 그런 행사는 출석번호상 줄 끝자리가 확정되니까 당연히 딱 걸리지, 혼날 게 뻔했는걸.”

“현실적인 말은 하지 마, 치이.”

이츠키의 성은 아카자와.

다른 학교에서는 어떤지 모르겠지만, 이 학교에서는 출석 번호가 성의 일본어 표기 순서로 정해진다. 그리고 아카자와보다 앞서는 성을 가진 학생은 이 교실에 없다.

대체로 출석 번호 1번이 된다는 이츠키는 이 반에서도 1번이고, 행사 때는 대체로 기준이 되는 인간이다. 자리를 지정하는 경우 끝자리에 배치되는 것이 보통이고, 따라서 이번에도 이츠키는 열 끝에 자리가 있었다.

진짜 눈에 띄기 쉬운 위치에서 졸았으니, 선생님 눈에 띄는 건 필연일 것이다.

"잠은 제때 자야 한대도. 요전번에 밤샘 하다 몸 상태 나빠진 거 잊었어?"

"조심하겠습니다."

"오오…… 치토세가 맞는 말을……."

"나를 뭐라고 생각하는 거야?"

"자, 자자……."

묵직하게 눈을 흘기는 것을 아마네는 모르는 척 시선을 피하고 아직 학생들이 제법 많이 남은 교실을 둘러본다.

하교한 아이들도 제법 있지만, 다들 아쉬운지 추억담으로 이야기꽃을 피우는 학생들도 많이 보였다.

이러니저러니 해도, 아마네도 최근 1년을 지낸 반에 애착이 있다.

"여러분은 아직 안 가나요?"

"응? 아니 갈 건데, 이 반과도 작별인가……하고 절실하게 느끼고 있었어."

"그렇지. 올해는 엄청 좋은 반이었어."

1학년 때 반보다 훨씬 결속력이 있었고 나름대로 평화로운 관계로 지낼 수 있었다. 개인적으로 맞고 안 맞는 사이는 다소 있을지 모르지만, 협력할 때는 협력한다며 비교적 공사를 구분해서 잘 행동하는 영리한 사람들이었던 덕분일 것이다.

성격이 거친 학생이나 교사에게 찍힐 정도로 불량한 학생이 없었다는 점도 있다.

"다들 좋은 분이고, 사이좋았으니까요."

"선생님들 말로는 우리 반이 제일 성실하고 온순했다나 봐. 수업하기 편했다고 하더라고."

"뭐 비교적 얌전한 사람들이 모였으니까 말이야."

"얌전한……?"

"아마네, 왜 날 보는 걸까~?"

"이유는 없는데?"

"짜증 나~."

"자자, 다들 싸우지 말라니까. 진짜로 다들 성실하고 조용한 사람만 모였잖아. 그것과는 별개로 유타는 꺅꺅 소리를 들었지만."

"수업 중에 안 하는 분별력은 다들 있었으니까 세이프."

유타에게 호감을 보내는 같은 반 여자애들도 제법 있었지만, 굳이 따지자면 근본이 성실하고 유타가 말로 제지하면 똑같은 잘못은 되풀이하지 않는 타입이다 보니, 유타는 의외로 올해 평온한 학교생활을 보낼 수 있었던 게 아닐까.

아마네의 기억으로는, 1학년 때 조금 더 끊임없이 시끌벅적했던 기억이 있다.

"그런 유타는?"

"오늘은 육상부 활동도 없고 점심때 볼일이 있다면서 냉큼 집에 갔어. 어차피 봄 방학 때 볼 거고."

아마네와 이츠키, 유타와 함께 셋이서 공부하다 쌓인 스트레스도 풀 겸 한 번 수다나 떨자고 봄 방학 중에 예정을 잡았기에, 작별을 아쉬워할 필요가 애초에 없다.

그 깔끔한 태도에 여자애들은 조금 아쉬워하는 눈치였지만, 억지로 붙잡지도 않고 배웅하고 있었다.

그걸 본 이츠키도 유타답다면서 낄낄 웃고, 사람이 썼던 흔적이 완전히 사라진 유타의 책상을 바라본다.

"어이 거기 네 사람. 지금 시간 돼?"

조금 숙연한 분위기가 깔렸던 네 사람 사이에 밝은 목소리가 끼어들었다.

목소리가 들린 방향을 보니 교실에서 친구들과 잡담하고 있던 듯한 타치카와가 그 목소리와 손색없을 정도의 환한 얼굴로 손을 흔들고 있었다.

최근 1년 동안 그룹이 달랐기에 별로 이야기해 본 적 없는 상대이지만, 그러고 보니 노트를 빌려준 뒤로는 아마네에게도 말을 걸게 되었다며 고개를 젓는다.

"난 오늘 알바도 없고, 다른 볼일도 없는데."

"나도."

"난 저녁에 가족끼리 식사하기로 했지만, 그 전까진 딱히 없으려나.”

“저도 없네요. 무슨 일 있나요?”

아마네 일행 모두가 한가하진 않지만, 오늘은 딱히 일정을 잡지 않았기에 솔직하게 대답했다. 그러자 잘됐다며 타치카와는 기쁜 듯이 웃는다.

“아니, 오늘로 반 해산이니까. 기왕이면 참가할 수 있는 사람들끼리 노래방이라도 가는 게 어떠냐는 말이 나와서. 너희도 어떤가 해서.”

“탓치, 그런 건 먼저 우리 반 그룹 채팅방에 말해주면 좋았을 텐데.”

“지금 정했으니까!”

“와우, 행동력의 귀재.”

스마트폰을 켜서 문화제를 계기로 참가한 그룹 채팅방의 메시지를 확인해 보니, 정말로 방금 타치카와의 『오늘 반 해산 노래방 모임 합니다. 참가할 사람은 답장하고 1시 반 전에 역 앞 노래방으로 집합!』이라는 메시지가 떠 있다. 읽음 표시와 참가하겠다는 메시지도 몇 개 달렸다.

너무 급작스럽다 보니 참가하겠다는 메시지 말고도 『빨리 말하지. 난 여친이랑 데이트 예정 잡았는데.』, 『그건 여자친구 우선해라.』 『와타노베 최악』 『1년 같이 지냈는데 이름 틀리는 너도 최악이야. 와타나베다, 와타나베』라고 주고받은 메시지가 쭉 있었다.

너무나도 자유로운 대화가 진행되는 그룹 메시지에 그만 자연스레 웃음이 터져 나오는데, 타치카와는 그런 아마네 일행을 기대 어린 눈빛으로 본다.

"그래서, 어쩔래? 강요는 안 하지만."

"난 상관없는데."

"모처럼이니 참가하게 해준다면요."

"나도 나도."

"밤까지 가지 않는다면 나도."

아마네가 참가한다면 마히루도 따라올 걸 알았다.

다만 타치카와는 그런 의도가 없었을 테고, 대형견처럼 살갑게 웃으며 "앗싸." 하며 주먹을 쥐고 있다.

"이번엔 아마네가 실컷 노래하게 해야지."

"무슨 괴롭힘이야, 그건."

"어, 뭐야. 후지미야 노래 잘해?"

"유감이지만 평범해."

음치는 아니지만 잘 부르는 것도 아닌, 음정은 맞출 수 있지만 남에게 당당하게 자랑할 수준의 가창력은 없다. 이걸로 노래 잘한다고 자랑했다간 진짜 노래 잘하는 사람이 코웃음을 치겠지.

"어~ 시이나 양과 듀엣 하는 거 듣고 싶었는데."

"마히루까지 끌어들이진 마."

마히루는 당당하게 노래하는 편이 아니고, 이런 상황에선 부끄러워하는 구석이 있다. 그러니 남들이 보채서 노래하게 하면 마히루가 위축될 것이다.

마히루 본인이 원한다면 아마네도 같이 노래하긴 하겠지만,

부담을 주고 싶지는 않다.

"아, 후지미야는 오늘 내가 살게!"

"갑자기 왜 그러는데."

"지난달 노트로 진 빚을 못 갚았으니까. 이걸 놓치면 갚을 기회가 없을지도 모르잖아?"

그러고 보니 노트의 보답을 아직 안 받았다고 할까, 아마네가 괜찮다고 사양하는 바람에 타치카와가 매번 고뇌하는 신음을 지르고 있었다. 지금 갚으려고 하는 걸 보면 기회를 호시탐탐 엿보고 있었는지도 모른다.

"다른 과목도 같이 있는 걸 겸사겸사 복사해서 미안하니까 은혜를 갚게 해줘."

"오, 감사."

"안됐지만, 아카자와한테 쏠 이유는 없어."

"너무해. 왕따당해서 울고 싶어져."

"삥 뜯기는 내가 울고 싶어지는데."

"이츠키, 최악."

뻔뻔하게 끼려고 하지 말라며 쿡 찌르면서, "안 돼?" 하고 눈치를 보는 타치카와에게 웃는다.

"뭐, 그렇다면 감사히 얻어먹을게."

"그래. 그러자, 그러자."

아주 조금 콧김을 훅 쉰 타치카와가 왠지 대형견 같다고 느끼며 가방을 멘다.

연락에 따르면 오후 1시 반 전에 집합한다고 하니, 일찌감치 점심을 먹어야 할 것이다.

일단 집에 갈지 외식할지 마히루에게 의견을 묻자, "오늘은 재료 준비가 없으니까 어느 쪽이든 괜찮아요."라고 대답했기에, 어차피 저녁은 집에서 만들게 될 테니 점심 정도는 외식을 해도 괜찮겠다며 패스트푸드점에 가는 것을 마히루에게 제안했다.

"난 데리야키 에그 버거 먹고 싶은데, 마히루는 햄버거도 괜찮아?"

"전 좋아요. 기간 한정으로 달걀 제품이 나오면 항상 먹으러 가네요."

"그야 천하의 달걀님이시니까……."

"아, 나랑 치이도 따라가도 돼? 치이는 지금 집에 가족이 없는 것 같고, 나는 일일이 집에 가기 싫어서."

"그래."

"아, 나도 따라가도 돼? 어차피 나도 거기 가서 먹을 생각이었거든."

"상관없지 않아? 아, 그런데 쟤들은 괜찮은 거야?"

아까 타치카와와 떠들던 친한 남자애들이 잡담하는 것을 눈짓으로 가리키지만, 타치카와는 대수롭지 않다는 투로 "쟤들은 쟤들끼리 노래방 가기 전에 패밀리 레스토랑 간대. 기간 한정 초대형 파르페를 먹는다나. 난 단 거 별로 안 좋아하고 보기만 해도 속이 울렁거려서 패스할래."라며 웃었다.

그러고 보니 인터넷 뉴스에서 어딘가의 패밀리 레스토랑이 크림을 왕창 올린 딸기 파르페를 출시했다는 기사가 있었던 것 같으니까, 남자 고등학생의 위장으로 승리를 쟁취하러 가는 거겠지.

노래방에 개선할 수 있으면 좋겠다. 기사에서 봤던 사진을 떠올리며 중얼거리고, 아마네는 다른 사람들과 같이 교실을 나섰다.

"노래방은 오랜만이야."

동아리 활동이 없는 사람은 당분간 작별할 교문과 전혀 아쉽지 않은 마음으로 헤어지고 기억을 돌이켜 본다.

원래 좋아서 노래방에 가는 것도 아닌 아마네가 간 것은 문화제 뒤풀이 이후로 처음 아닐까.

"난 요전번에 혼코노 하러 갔었는데, 노래 부르는 건 기분 좋으니까."

"혼……?"

"혼자서 코인 노래방이란 뜻. 온리 스테이지입니다. 스트레스 발산에 좋아."

치토세는 노래방이나 스포츠 등 활동적인 놀이를 좋아하는 타입이라, 혼자서도 신경 쓰지 않고 즐긴다고 한다. 다른 사람들과 시끌벅적하게 지내는 것도 혼자서 즐기는 것도 다 즐길 수 있다는 건 굳이 따지자면 조용한 환경을 선호하는 아마네에게는 부러울 따름이다.

"치토세 양은 노래하는 걸 좋아하는군요. 그 정도일 줄은 저도 몰랐어요."

"마히룽이 남들 앞에서 노래하는 거 별로 안 좋아하니까 매번 노래방에 부르진 않았거든."

"어? 그런 거라면 시이나 양을 부르지 않는 게 좋았으려나. 아, 그래. 마라카스랑 탬버린을 빌려줄 거야! 싫으면 분위기 띄우는 데 전념해도 괜찮아."

"아뇨. 괜찮아요……. 그런 것도 있군요."

"빌려서 방에 가져가면 시끄러워질 것 같은데."

"시끄럽게 놀라고 있는 데잖아. 노래방은."

"한도가 있거든? 한도가."

아무리 방음 처리를 했다고 해도 너무 시끄러우면 옆방에서 항의해서 점원이 한마디 하거나 옆방 사람이 쳐들어올 우려가 있으니, 어디까지나 적당히 하는 게 좋다.

그렇다고는 해도 소리를 꽥꽥 지르거나 벽을 치거나 하지 않는 한 혼날 일은 생기지 않을 거고, 애초에 치토세는 징징댈 때는 있어도 무의미하게 날뛰는 타입은 아니다. 같은 반 아이들도 아마 그런 짓은 안 하겠지.

"그나저나 문화제 뒤풀이가 그립네."

"있었지, 있었어."

"유타한테 휘말려서 아마네가 듀엣 하게 된 사건도 있었지."

"그게 누구 탓인데. 너잖아, 만악의 근원은."

"왜 그런 재미있는 일을 우리가 모르는 데서 하는 거야. 너희는 친한 애들끼리 뭉쳐서 그쪽 방에서 무슨 일이 있었는지 모른다고."

타치카와도 뒤풀이에는 참가한 모양이지만, 인원 문제로 다른 방에 있어서 아마네 일행이 있던 방의 상황은 모르는 듯하다.

"엄청나게 화기애애했다고."

"이쪽은 카도와키가 없는 방이라 여자애들이 축 처졌어. 솔직히 우리로는 역부족이라 미안하다고는 생각했지."

"이번에 카도와키는?"

"미리 물어봤는데, 온대. 다만 낮에 볼일이 아슬아슬할 것 같다고 노래방에서 보기로 했어. 밥은 따로 먹는대."

스마트폰을 봐도 유타의 답장이 없어서 참가 여부가 불투명했지만, 아무래도 참가 자체는 하는 모양이다.

(카도와키가 있다는 걸 알면 여자애들이 떠들썩해지겠네.)

이번에는 직접 그룹 메시지로 쓰지 않아서 유타가 오는 걸 모르는 사람이 많을 거니까 오는 순간에 난리가 나겠지. 그렇듯 남 일처럼 생각하면서 "기대돼."라며 순수하게 웃는 타치카와에게 쓴웃음을 짓고 고개를 끄덕였다.

타치카와가 긴급으로 기획한 듯한 노래방 모임은, 우여곡절이 있었지만 대체로 참가자 모두를 만족시키고 끝났다.

하마터면 예약한 방의 예약자 이름이 달라서 개최가 위태로워질 뻔하거나(전화 예약을 했는지 타치카와를 우치카와로 착각했다) 유타가 오면서 몇몇 사람 사이에서 불꽃이 튀거나 애초에 노래방 장소를 착각한 사람을 데리러 가거나 하는 등, 이래저래 여러 일이 있었지만, 결과적으로는 즐겁게 놀 수 있었다.

마히루도 처음에는 머뭇거렸는데, 익숙해지면서 본인도 자각하지 못할 정도로 흥분했는지 평소보다 혈색이 좋아진 얼굴로 노래하는 아마네를 싱글벙글 바라봤다. 그리고 그 여파로 다른 남자애들이 격침당했다. 이건 조금 조절하는 법을 익히게 하는 게 좋을지도 모른다.

마히루 본인도 조심스럽게 귀엽고 맑은 목소리로 몇 곡인가 유행가를 불러서 모두가 신났다.

그렇게 노래방에서 3시간 정도 보내고 해산했을 때, 마히루는 조금 정신적으로 지친 듯한 기색은 보였지만 그 이상으로 만족한 느낌이었다. 오늘 노래방은 본인에게도 좋은 자극이 되었을 것이다.

"즐거웠지?"

모두와 헤어지고 나서 귀갓길에 오른 아마네와 마히루는 손을 잡고 느긋하게 평소 다니던 길을 걸으며 집에 가고 있었다.

4월도 다가오고 해도 길어진 덕분에 오후 5시 전인데도 하늘도 밝고, 저녁 무렵이라는 분위기로 오렌지색 빛이 서로를 비추고 있다.

석양에 비친 마히루는 마음이 조금 진정된 듯하지만, 발걸음은 평소보다 경쾌하다.

"그렇네요. 여러분 신나게 노래했었죠."

"이렇게 사람이 많을 때는 딱딱하게 구는 것보다 신나게 노는 것이 정답일 수 있으니까."

"혹시 제가 버릇없는 짓을."

"아니, 그런 예의를 말하는 게 아니라, 그게 더 즐겁지 않냐는 얘기야. 그리고 마히루도 평소보다 신났거든?"

"어?"

본인은 자각한 적이 없었던 거겠지.

지금도 발걸음이 경쾌한 것은 지적하지 않고, 귀엽게 멍한 얼굴인 마히루의 손을 쥐며 말을 잇는다.

"마히루는 별로 경험해 보지 않은 일을 친구라든가 남자친구…… 뭐, 나지만. 다른 사람들과 함께할 때는 항상 한 단계나 두 단계 정도 신이 나거든. 적극적으로 참가하는 게 아니라 평소보다 싱글벙글한 눈치로 우리가 즐기는 걸 조심스럽게 같이 즐기는 느낌이지만."

"그, 그렇게나……."

"나도 치토세도 이츠키도 눈치채고 있었어."

"왜 말을 안 해준 거예요!"

주위에서 지켜보고 있었다는 사실을 깨닫고 단숨에 뺨을 붉게 물들이며 흘겨보지만, 촉촉해진 눈과 뾰로통한 얼굴로 흘겨봐도 하나도 무섭지 않다. 오히려 귀엽다거나 보기 좋다는 감정이 샘솟는다.

"마히루가 싱글벙글 신이 난 것이 모두에게 기쁜 일이고, 귀여우니까."

"아이참."

"그래도 즐거웠지?"

마히루가 토라진 척하지만, 그 이유는 다른 사람들이 나이에 걸맞게 기뻐하는 마히루를 지켜보고 있었기 때문이지 함께 즐겼다는 점이 아니다.

그래서 이번 일을 어떻게 생각했는지 오늘의 감상을 마히루에게 부드럽게 묻자, 금세 입을 오물거리며 수줍어하는 얼굴로 시선을 떨군다.

"즐거웠어요……. 그리고 이런 식으로 친해진 사람들과 즐겁게 교류하면 좋겠다고 생각했어요."

"그렇지."

아마네도 남 말할 처지가 아니지만, 처음 만난 때는 상상도 할 수 없을 정도로, 마히루는 천사님의 가면을 벗어던지고 시이나 마히루라는 평범한 소녀로서 행동할 수 있게 되었다.

아직 꾸미려는 버릇은 사라지지 않았지만, 그래도 마히루의 본모습을 보여주는 일이 많아져 겉만 보지 않는 '친구'가 생겼다.

아마네만이 아는 마히루의 부분이 줄어든 것이 조금, 아주 조금 쓸쓸하지만. 그래도 마히루가 기대로 가득 찬 밝은 나날을 보낼 수 있게 된 것이 몇 배는 더 기쁘다.

(게다가 다른 애들이 모르는 마히루의 얼굴은 아직 많고.)

그것들을 보여줄 생각은 없으니, 지금은 이걸로 충분하다.

"노래 좀 불렀더니 배가 고프네."

수줍은 듯 눈꺼풀로 눈에 그늘을 만들면서, 맞잡은 아마네의 손등에 꼼지락꼼지락 부끄러움을 감추는 공격을 가하는 마히루에게 평소와 다름없는 목소리로 말을 건다.

마히루는 겨우 차분해졌는지 한 번 심호흡하고 웃었다.

"그러네요. 집에 가면 바로 밥을 준비할게요."

"오늘 저녁 메인 담당은 마히루였지. 오늘 저녁밥은 뭐야?"

일하러 가는 날은 기본적으로 마히루가 담당하고, 그게 아닐 때는 아마네가 담당하거나 마히루가 하고 싶어 하거나 해서 공평한 배분은 아니지만, 대체로 교대하며 요리를 만들고 있다.

그렇다고는 해도 누가 메인으로 하든 그 자리에 있으면 거들기 시작하니까 당번은 유명무실해졌다.

어제는 마히루가 장을 보러 가서 식단을 준비해 두었기에, 저녁 메뉴는 마히루만이 안다.

"어제 장 보러 갔더니 돼지 등심이 싸길래, 돼지고기 생강구이랑 양배추 채, 토마토 무침, 된장국일까요. 아, 슬슬 다 해치우고 싶으니까 보관 중인 피망 볶음도 추가하죠. 된장국에 넣을 건더기는 뭐가 좋아요?"

"선택지를 주면 좋겠는데. 오늘은 이대로 어디 안 들르고 바로 귀가지?"

"두부랑 미역이랑 파래는 상비한 게 있고, 팽이버섯이랑 잎새버섯은 며칠 전에 냉동해 둬서 가능해요. 그 밖에는 당근이랑 양파…… 송송 썬 걸로 괜찮다면 냉동 파도 있어요."

"그렇다면 파래랑 두부랑 팽이버섯이 좋겠네. 파래를 좋아하니까."

"알겠습니다. 파래 듬뿍이군요……. 오늘은 별로 도울 일 없으니까 편히 있어도 되는데요?"

"싫어."

"아이참."

마히루는 아마네가 아르바이트를 시작하고 나서는 피곤할 거라며 아마네에게 요리를 맡기려고 하지 않지만, 아마네는 마히루에게 전부 맡기는 게 더 싫고, 무엇보다 같이 마히루와 하는 것이 마히루와 보내는 시간도, 빨리 끝내고 마히루와 느긋하게 보내는 시간도 늘어나니까 할 수 있는 건 하고 싶다.

"나 요즘 채썰기 잘하게 됐다고 생각 안 해?"

"진짜로 잘게 썰 수 있게 됐긴 하네요. 전에는……."

"연필 굵기로 썰었으니까 말이야."

마히루가 반찬용 양배추 채썰기를 맡겼을 때, 손가락을 베지는 않았어도 일반적으로 상상하는 것과는 동떨어진, 아주 굵은 양배추 채가 완성되었다.

그때를 생각하면 예전과 비교해 지금의 아마네는 훨씬 높은 경지에 있다. 옛날이 밑바닥이었다고도 할 수 있지만.

"왜 그걸 자랑스러워하는 건데요."

"눈부신 진보라는 기분입니다."

"네, 정말 많이 늘었네요. 장해요."

"그렇지?"

실력으로는 이미 마히루가 보증할…… 정도는 아니지만, 아마네가 혼자 만든 것을 마히루에게 먹여도 크게 지적받는 일은 없을 정도로는 만들 수 있게 되었다. 자취 생활에는 충분한 실력이라고 해도 좋다.

마히루도 그 수준이 된 아마네를 쉬게 하는 건 아깝다고 생각해 주면 좋겠다.

"그런고로 그 향상된 실력을 과시하겠다는 거야."

"아이참……."

이 경우의 '아이참'이 아마네를 거부하는 말이 아니라는 건 지금까지의 교제로 잘 알고 있다. 타협과 함께 기쁨이 섞인 '아이참'이다.

그 증거로 마히루의 입술은 부드럽게 미소를 띠고, 눈빛도 사랑스럽다.

아아, 이렇게나 사랑받고 있구나 하고 짐작하기에는 충분해서, 아마네는 왠지 근질근질하는 가슴에 한가득 온기를 느끼며 마히루의 손을 다시 고쳐 잡았다.

"집에 가면 저녁 준비를 해야겠네."

"그 전에 손을 씻고 양치질부터 해야죠."

"알고 있다니까."

정말이지 보호자 같은 마히루의 말을 듣고 등을 떨며 웃음을 참는 아마네에게 "지금 엄마 같다고 생각했죠?"라며 입술을 삐죽이는 마히루.

아마네는 본인 입으로 인정한 거 아니냐며 지적하지 않고, 그저 웃으며 마히루와 손가락을 엮은 채, 꽤 길어진 그림자를 따스한 마음으로 바라보며 느긋하게 두 사람의 귀갓길을 걸었다.

다소 느긋한 발걸음으로 경치를 즐기며 맨션으로 돌아오자, 입구의 닫힌 공동 현관문 앞에 한 소년이 서 있었다.

나이는 10대 초반쯤일까, 마히루보다 조금 큰 키에 밝은 갈색 머리, 앳된 티가 강하면서도 고운 얼굴, 지적인 눈빛이 특징적인 소년이었다.

2년 가까이 이 맨션에 살다 보면 막연하게나마 주민들의 얼굴은 기억하기 마련이다.

모두 아는 건 아니니까 확신할 수는 없지만, 이 맨션에서 이런 아이를 본 기억은 없다. 적어도 이 소년처럼 눈에 띄는 아이는 한 번 보면 기억할 것이다.

쫓겨나기라도 한 건지, 아니면 누군가의 집에 볼일이 있었던 건지.

아무것도 알 수 없지만, 표정은 무언가 곤란한 사정을 끌어안고 있는 것처럼도 보였다.

"우리 맨션에 저런 애 없었지?"

"제 기억으로 본 기억은 없네요. 곤란해하는 것 같은데, 누군가를 만나러 온 걸까요."

마히루도 본 기억이 없으니, 아마도 이 맨션의 주민은 아닌 듯하다.

어찌 됐든 자동문을 통과하지 않고서는 집에 갈 수 없고 이 시간대에 돌아다니는 건 아이에게도 위험하니까 말을 걸어 보자며 인터폰 쪽으로 향하는데, 아마네와 마히루가 다가가면서 소년의 표정이 딱딱해지는 것처럼 느껴졌다.

"거기 너, 무슨 일이야? 뭔가 이 맨션에 볼일이 있어? 사람을 부르고 싶은 거라면 호수는 알아?"

되도록 압박하지 않게끔 몸을 살짝 숙여서 부드럽게 말하려고 하는데, 소년의 시선은 아마네와 마주치지 않았다.

눈을 피한 것은 아니다.

소년의 시선은 명확한 의지로 아마네의 곁에 있던 마히루를 포착하고 있었다.

"누나……?"

아직 변성기가 오지 않은 앳되고 톤이 높은 목소리가 더듬더듬 말을 자아낸다.

결코 강하거나 날카롭지도 않은, 작은 목소리. 하지만 그 목소리는 아마네도 마히루도 못 들은 체하는 걸 용납하지 않겠다는 듯 사람이 없는 공동 현관에 울려 퍼졌다.

번외편 가족의 의미와 해답

마히루가 같은 반에서 사이좋은 여자애라면 치토세와 아야카를 꼽겠지만, 그렇다고 해서 그 두 사람하고만 어울리는 건 아니다.

기본적으로 누구와도 무난하게 의사소통할 수 있는 마히루는 평범하게 같은 반 여자애들과 대화하고, 이야기가 무르익는 일도 자주 있다.

아르바이트가 없는 방과 후, 아마네가 교무실에 볼일이 있어서 마히루에게는 교실에서 기다려 달라고 했는데, 볼일을 마치고 교실 앞으로 돌아오니 왠지 즐거운 듯 대화하고 있기에, 방해하는 것도 미안하다 싶어 잠시 들어가는 것을 주저했다.

"시이나 양은 형제자매가 없어?"

그때 같은 반 아이 하나가 그런 질문을 했다.

아마 가족 관련의 이야기로 수다를 떨고 있었던 거겠지. 방금 형제자매 화제를 꺼낸 여자애는 여동생이 있다는 이야기를 얼핏 들었던 기억이 있다.

복도 창문 너머로 보이는 마히루는, 딱히 동요한 기색도 없이, 평소의 조신한 미소를 띠고 있다.

"그렇네요, 전 외동이니까요."

"어~ 의외네. 시이나 양, 엄청 남을 잘 챙겨주니까 동생이 있을 줄 알았는데~. 예상이 빗나갔네."

"있었으면 눈이 완전 행복해지는 미남 미녀 남매일 텐데~."

천진난만한 목소리. 악의는 티끌만큼도 없고, 그저 생각한 것을 입 밖으로 낸 걸 알 수 있다.

애초에 마히루의 가정환경을 정확히 아는 사람은 이 반에서 아마네와 기껏해야 치토세 정도겠지. 이츠키에게조차 자세히 말하지 않은 건 민감한 문제를 타인인 아마네가 알려줄 권리도, 그럴 마음도 없기 때문이다.

그래서 여자애들의 말이 정말로 그 자리의 분위기에서 비롯한 걸 알지만, 아마네가 봤을 때는 아물었는지 어떤지 모르는 마히루의 상처를 후비는 게 아닐까 싶었다.

"시이나 양은 누굴 닮았어?"

"글쎄요, 어느 쪽인가 하면 아버지를 닮았다고 생각해요."

마히루의 미소는 달라지지 않는다.

그리고 거짓말도 하지 않았다. 마히루는 아버지인 아사히를 닮았다고, 만난 적이 있는 아마네가 단언할 수 있을 정도로는 닮았다.

"와~ 아버님도 미남 확정이라……."

"아, 보고 싶다. 무조건 꽃중년일 거야."

"넌 남의 집 아버지한테 중년이라니 무슨 말버릇이야."

"미안해요."

"아뇨 괜찮아요. 아버지도 이제 연세가 꽤 있으니까요."

입가를 가리고 웃는 마히루와 창문 너머로 눈이 마주쳐서 아마네가 당황해 버렸지만, 마히루는 더 짙게 미소를 띠었다. 마치 '걱정할 필요 없어요.' 라고 말하려는 듯이.

"그나저나 아버지를 닮았다는 거네. 딸은 아버지를 닮는다고들 하잖아. 나도 슬픈 일이지만 아빠 닮았고."

"넌 진짜 아버지 판박이라니까, 전에 봤을 때 네가 그렇게 자랄 만하다 싶은 외모였는걸."

"엑, 싫어. 즉, 미래에는 두피가……."

"누구나 다소는 건강한 모발과 이별하는 날이 찾아오는 법이니까 너무 그러지 마."

"그 상냥함, 우리 아빠가 들으면 울어 버릴걸."

"너무 상냥해서?"

"아니, 여고생한테 위로받는다는 사실 자체에."

"상처에 소금 뿌리는 녀석."

"상처라기보다 모공에?"

"그만하렴."

다른 의미로 머리털이 빠질 대화를 하는 것 같다. 하지만 마히루가 슬슬 괜찮다는 시선을 보냈기에, 마히루의 감지 능력이나 배려에 복잡한 기분이 들면서 일부러 책상에 살짝 부딪혀 소리를 내고 마히루가 있는 곳으로 향한다.

고개를 든 마히루의 표정이 확 밝아진 건 이 대화에서 빠져나갈 수 있어서일까, 단순히 아마네가 곁에 와서 기뻐서 그럴까.

"아마네 군."

"미안해. 기다리게 해서. 너희도 같이 있어 줘서 고마워."

혼자 기다리게 하는 것도 미안하다고 생각했기에 마히루와 함께 대화를 즐기고 있던 세 사람에게 슬쩍 인사하고 고마워하자, 한 명이 허둥지둥 손을 붕붕 흔들었다.

"아, 후지미야 군의 여친을 빌렸어. 미안해~."

"아니, 내 건 아닌데."

"어?"

"아니, 내 소유물이 아니라는 말이라고. 내 여친이 맞지만, 내가 마히루가 하고 싶은 걸 막을 생각은 없다는 뜻이야. 오해하지 마."

확실히 마히루는 아마네의 여자친구고 아마네의 것이라고 말하면 본인도 기뻐하지만, 뭐랄까 타인에게 당당하게 내 것이라고 말하긴 껄끄럽다. 소중한 여자친구이자 대등한 파트너이고 싶으니, 별로 '누구누구의~' 라고 부르는 건 좋아하지 않는다. '누구누구의 여자친구' 라고 표현하면 있을 법하긴 하지만. 애초에 내 것이라고 말할 때는 대체로 내 여자친구란 뜻이다.

마히루는 그런 아마네에게 "아마네 군의 소유물이어도 괜찮은데요."라고 미소 지어 주위를 들끓게 하지만, 아마 반쯤은 화제를 돌리려고 일부러 그런 거겠지.

"마히루는 나 놀리지 말고."

"후후. 놀리지 않았는데요. 저야말로 기다리게 해서 죄송해요, 잠깐 기다려 주셨죠?"

"즐거워 보이는 걸 방해하긴 뭐해서. 자, 갈까."

"네. 여러분도 고마워요."

"와우~ 뜨겁네 휴~휴~."

"넌 이럴 때 휘파람이나 부니까 너무 까분다는 소릴 듣는 거 아니야?"

"너무해!"

치토세나 아야카와는 다른 느낌으로 흥이 오른 여자애는 못마땅한 눈치로 입술을 삐죽이지만, 마히루와 시선이 마주치자 해맑게 방긋 웃었다.

"바이바이~ 내일 봐~."

"네, 내일 또 만나요."

"내일 보자."

내일도 학교는 있으니까 딱히 아쉬움도 없이 가볍게 손을 흔들자, 여자애들도 똑같이 손을 팔랑팔랑 흔들며 떠나는 아마네와 마히루를 배웅해 주었다.

아무래도 누가 들을지도 모르는 귀갓길에 말을 꺼낼 수는 없어서, 집에 도착하고 나서 아마네는 옆에 있는 마히루를 살짝 살폈다.

앉아서 공손하게 신발을 벗고 일어선 마히루는, 아마네가 보기에는 평소와 같은 표정이다.

"마히루."

"미리 말해두겠는데, 괜찮거든요?"

이름만 불렀는데 다음에 이어질 말을 예상하고 먼저 제지하는 건 어지간히 아마네의 얼굴에 드러난 걸까, 아니면 마히루의 눈치가 빠른 걸까.

아마도 양쪽 다겠지만, 입을 다문 아마네를 보고 웃는 마히루는 아마네의 걱정은 아랑곳없이 실로 개운한 느낌으로 어깨를 으쓱했다.

"아마네 군은 걱정이 지나치다고 할까요……. 그렇게 마음 써 주면 오히려 제가 곤란하다고 할까, 제가 아마네 군을 걱정하게 돼요."

"그건 정말 미안해. 마히루가 신경 쓰게 하면 주객전도지."

"아이참. 너무 마음을 쓰고 걱정도 많은 사람이라니까요."

그런 점도 좋아한다며 장난스럽게 덧붙이고 슬리퍼 소리를 작게 내며 세면장으로 향하는 마히루를 보고, 아마네도 슬쩍 웃으며 흔들리는 황갈색 머리카락을 쫓았다.

"제가 그렇게 울보로 보여요?"

손을 깨끗하게 씻고 양치질을 마친 마히루가 소파에서 끓인 홍차를 마시며 물어보기에, 아마네는 부정도 긍정도 하지 못하고 마히루의 시선을 슬쩍 피했다.

"왜 눈을 피하는 건데요."

"아니, 울지 않더라도 속으로 자꾸 생각하다가 우울해지는 타입이니까, 걱정도 되잖아."

기본적으로 마히루는 남들 앞에서 울지 않는다.

단순히 부끄럽다는 것도 있겠지만, 걱정을 끼치고 싶지 않다,

약한 모습을 보여주고 싶지 않다는 생각이 강한 듯해서, 아마네가 볼 때도 쉽게 눈물을 흘리는 일은 없다.

요즘이야 단순히 울 필요도, 기회도 없다는 거지만, 그래도 상처 입는 일은 있다.

마히루의 나쁜 점이라고 할까, 아마네가 곤란하다고 생각하는 부분은 기본적으로 부정적인 감정의 동요를 철저히 숨긴다는 점이다.

말하고 싶지 않다면 그래도 좋지만, 괴로운데 속에 담아두고 가슴속 깊은 곳에 앙금이 둥지를 틀 정도라면 나누게 해주길 바란다. 그것이 아마네의 억지일지라도.

"이렇게 사소한 일로 주눅이 들거나 기가 죽거나 하진 않아요. 그 사람들은 사정을 모르고, 저도 그 이상 정보를 줄 생각도 없었으니까 아무렇지도 않아요."

"그렇구나."

"게다가 이야기가 전혀 나오지 않아도 어색하니까요. 정보는 제어해서 주는 것이 오히려 안전하거든요."

"마히루가 그렇게 말한다면 나는 지켜보기만 할게."

"그렇게 해주세요."

마히루가 정말로 상처받고 괴롭다고 생각했다면 수긍할 수 없지만, 지금의 마히루는 조금 먹먹한 정도인 것 같기에 일단 고개를 끄덕여 둔다.

"정말이지, 애초에 정말로 아마네 군이 걱정할 정도는 아니라니까요. 제가 아버지를 닮은 건 아마네 군도 알잖아요? 그걸 궁

정한 정도로 괴로워서 울고 싶어질 리가 없다니까요."

"뭐, 그야, 굳이 따지자면 아버지를 닮았겠지. 어머니는 잠깐만 봐서 뭐라 말할 수 없지만."

일단 아마네는 마히루의 아버지인 아사히와는 대면해서 이야기를 나눈 적이 있다. 한번 만난 것만으로는 판단할 수 없지만, 본 바로는 마히루의 인품도 아버지를 닮았을 것이다. 의젓하고 부드러운 얼굴과 분위기는, 누가 어떻게 봐도 혈연관계임을 깨닫게 한다.

그렇다면 그 어머니는 어떨까. 정말로 슬쩍 봤을 뿐이고 이야기한 적조차 없지만, 닮지 않았다기보다는 분위기가 동떨어졌다고 단언할 수는 있을 것이다.

"어머니는 얼굴이 차갑게 생겼으니까요. 아버지를 닮아서 다행이에요, 어머니를 닮았다면 무턱대고 적을 만들 것 같았거든요."

"미인이긴 했지만, 그렇지. 기가 세 보이는 사람이었으니까. 눈길만 줘도 노려보고 있다고 받아들일 것 같아."

"겉으로 봤을 때는 온화한 것이 처세하기 편리하니까요. 그런 점에서는 아버지에게 감사하고 있어요. 그 사람들에게서 좋은 점을 물려받았으니까요."

"그렇구나……."

"전에도 말했을지 모르겠지만, 저도 딱히 전부 원망하는 건 아니에요. 낳아 준 것과 금전적으로 곤란하지 않도록 조치해 준 것, 코유키 씨와 만나게 해준 건 감사하고 있어요. 육아 방임은 당했지만, 폭력이나 폭언을 퍼부은 적은 없으니까요. 애초에 만날 기회가 별로 없었지만요."

'그렇게 싫으면, 낳지 않았으면 되는데.' 라며 마음속으로 울면서 웃어넘기던 마히루는 이제 없다.

그건 다행이고 극복해 낸 거라며 아마네도 기뻤지만, 은은하게 자조하듯이 엮일 일이 없었다고 푸념하는 모습을 보니 뭐라고 말하기 어려운 기분이 들었다.

"아버지를 닮아서, 어머니는 더더욱 저를 싫어하는 걸까요."

작게 흘러나온 말에, 아마네는 다문 입술에 반사적으로 힘이 들어가는 것을 느꼈다.

아아, 결국 슬픈 생각을 하게 만들고 말았다며 자신의 어리석음과 마히루의 부모를 향한 일종의 엉뚱한 원망을 삼킨다.

다만 마히루의 어머니인 사요는, 아마네가 그때 본 바로는 마히루에게 직접 해코지를 하려는 감정이 없었던 것 같았다.

"내가 마히루의 부모님에 대해 전부 아는 건 아니지만. 그때 증오 같은 감정이 보였던 건 아니란 말이지. 그저 엮이고 싶지 않은 것 같다는 느낌이 들어서."

"그 사람은 저는 물론이고 아버지에게조차 신경을 쓰고 싶지 않은 것 같으니까요. 애초에 불필요하게 엮이고 싶지 않다고 말했고요."

"즉, 마히루에게는 관심이 없다는 느낌인 거지?"

"그렇겠죠. 어머니 역할은 다할 생각이 없지만 기꺼이 학대하는 것도 아니라는 정도니까요. 미움을 받아 신체적으로 피해를 보거나 과도한 간섭으로 인형이 되는 것보다는 결과적으로 좋았을지도 몰라요."

웃으면서 과거를 되돌아보는 마히루를 보고 가슴이 욱신거리지만, 정말로 아픈 건 마히루일 것이다. 아마네가 우는소리를 할 수는 없고, 용납되지 않는다.

"결국 그 사람들이 어떻든, 지금의 제가 만들어진 건 그 과거가 있었기 때문이에요. 그건 부정하지 않아요."

"응."

"저는 지금 행복하니까요. 지금까지의 과정 없이 지금의 행복을 손에 넣었다고는 생각하지 않아요. 괴로웠던 일도 힘들었던 일도 양식으로 삼아 지금 제가 있고, 아마네 군과 만나서 사랑받게 된 거니까요."

"그러게……. 무언가 하나 엇갈렸다면, 지금은 없었으니까."

마히루와 만난 것도, 친해진 것도, 좋아하게 된 것도, 지금까지의 여정이 있었기 때문.

괴롭고 험하고 앞이 보이지 않는 어두운 길이었을 테지만, 걸어온 사실을 부정하는 것은 지금의 마히루를 부정하는 것으로도 이어진다. 마히루가 처한 환경에 분개할 수는 있어도, 부정할 수는 없다. 과거가 없었다면 아마네는 마히루와는 만날 수 없었고, 이렇게 행복해질 수는 없었다.

지금 마히루가 행복하다고 하면 아마네는 과거를 원망하고 탓하기보다 지금 있는 행복을 이어갈 수 있도록 노력하는 게 훨씬 좋을 것이다. 과거는 바꿀 수 없어도 미래는 얼마든지 바꿀 수 있으니까.

"그렇죠? 그러니까, 사랑받지 못했다는 사실 자체는 받아들일 수 있는 거예요. 애초에 새삼스러우니까요, 과거는 바꿀 수 없어요."

"응."

"그것과는 별개로 부모로서는 그래도 되는지 싶지만요. 부모로 인정할 수 없고, 객관적으로 인정받을 만한 행동을 하지 않았으니까요. 제가 생각하는 부모라는 장르에는 두지 않아요."

"그건 마히루의 자유라고 생각해. 마히루가 어떻게 생각할지는 마히루의 자유니까, 거기에 양심의 가책을 느낄 필요는 없다고 생각해."

"그렇게 말씀해 주시니 다행이네요."

부모로 인정할 수 없다는 마히루의 기분 자체는 이해하고, 그건 마히루의 자유니까 아마네가 이래라저래라 할 일은 아니다. 개인적으로 말하자면 부모로서 있을 수 없는 일이고 아이의 행복을 짓밟지 말라고 단언하겠지만, 아무리 그래도 남의 집 사정에 참견할 권리는 아직 없기에 삼켜 둔다.

"형제자매, 인가요. 없어서 정답이었네요. 적어도 그 두 사람 사이에서 생긴 아이가 가족의 행복을 얻을 수 있을 거라고는 생각지 않으니까요."

잠시 입을 다물고 있던 마히루는, 같은 반 여자애들과의 대화를 떠올렸는지 불쑥 말한다.

"가족이란 건, 어렵네요. 뭐가 정답인지 모르겠어요."

괴로워 보이는 게 아니라 오히려 작은 안도감조차 엿보이는 그 독백은 정말로 자연스레 흘러나온 것이리라.

그렇기에 아마네도 얼버무리지 않고 자기 생각을 말했다.

"정답 같은 건 없지 않을까?"

"네?"

그 대답을 예상하지 못했던 건지, 그 대답에 어리둥절한 건지, 마히루는 고개를 들어 멍하니, 앳된 얼굴에서 어딘가 맥이 빠진 느낌으로 아마네를 본다.

"애초에 정답이 하나가 아닌 게 아닐까 싶어서."

자신의 가정환경은 매우 축복받았고, 가족끼리 사랑한다는 자각도 있다. 하지만 아마네가 자신의 가족을 '정답' 이라고 정의하는 일은 절대로 없다.

"그게 정답이었다고 나중에 알게 되는 일은 있다고 생각하지만, 이게 정답이라고 믿고 그걸 향해 일직선으로 달려도 정답이 되지는 않을 거야. 가족 한 사람 한 사람이 변수고, 공식도 다른데, 가족의 이상적인 해답이 하나일 리가 없잖아. 가정에 따라 이상도 현실도 해답도 다르다고 봐."

행복하더라도 이걸 정답으로 정하는 것 자체가 주제넘은 일이겠지. 이것밖에 용납하지 않는다, 이것 말고는 전부 오답이다. 그런 일이 있어선 안 된다는 것이 아마네의 본심이다.

"그중에서 손으로 더듬어 찾으며 마지막에 이 가족이라서 다행이라고 결과적으로 생각하는 걸 테니까, 반드시 이래야 한다는 건 없다고 생각해. 뭐, 명확하게 오답인 건 있지만."

아이를 학대한다. 부모를 학대한다. 누군가를 희생시킨다. 그런 게 정답이라면 그 가족은 틀렸다고 생각한다. 아마네는 그런 걸 인정하기 싫고, 인정하지 않는다. 강요할 생각은 없지만, 아마네가 앞으로 만들 가족에서 그것을 긍정하는 일은 없다.

"마히루는 남들이 생각하는 100점 만점짜리 답을 원해?"

"아니요, 100점이 아니더라도, 우리가 납득할 수 있는 형태를 원해요. 남들이 뭐라고 할 이유는 없으니까요."

"그렇지?"

의기양양하게 고개를 끄덕이자, 살짝 굳었던 마히루의 표정이 풀리는 게 보였다.

"정 걱정되면 잘 의논하면 되니까. 내가 대화를 소홀히 할 사람으로 보여?"

"그렇지 않아요. 언제나 제 이야기를 들어주고, 제 곁에 있어주는걸요."

"응, 이야기를 듣고, 같이 해결책을 생각할게. 많이 고민해서 제일 좋다고 생각한 선택지를 고르자. 실패하면, 그때는 또 같이 해결책을 찾으면 되니까."

분명 잘못 골라서 후회하는 일도 생길 테고, 어쩌면 돌이킬 수 없는 일도 있을지도 모른다. 인생은 한 번뿐이고, 되돌릴 수 없는 법이니까.

하지만 그때 곁에서 함께 고민하고 선택하는 사람이 있다면 끔찍한 일은 생기지 않을 것이다. 설령 생긴다 하더라도, 그중에서 최선을 잡을 수 있도록 노력과 대화를 거듭하고 싶다.

"그렇다면 안심이 되네요."

"나만 믿어, 모자란 머리라도 쥐어짜 볼 테니까."

"정말, 그런 부분은 비굴하다니까요."

이번에야말로 진짜 웃기 시작한 마히루에게 안도하며 아마네도 같이 웃는다. 그러자 마히루가 불안이 사라졌다는 듯이 아마네에게 몸을 기대서, 아마네는 기꺼이 무게가 실리는 것을 받아들였다.

"어라……?"

"응?"

그대로 마히루의 손바닥을 만지작거리며 온기와 부드러움을 느끼고 있는데, 마히루가 문득 의아한 듯한 소리를 낸다.

무슨 일 있냐며 아마네가 마히루의 얼굴을 살피지만, 마히루는 잠시 아마네를 응시한 뒤 노골적으로 눈을 피했다. 뺨이 희미하게 빨간 건 지금도 여전히 손을 잡고 있어서일지도 모른다.

"아뇨, 역시 됐어요. 아무것도 아닌 걸로 해주세요."

"아무것도 아닌 걸로 해달라니?"

"자꾸 묻지 말아 주세요."

"알았어. 싫다면 안 물을게."

"그건 그것대로 어떤가 싶네요. 제대로 물어봐 주세요."

"어어?"

"후후후. 농담한 거예요. 안 물어봐도 되고, 저도 말 안 할래요. 지금은요."

"지금은?"

"아마네 군이 앞으로 어떻게 할지에 달렸어요."

다른 손으로 쉿 하고 입가에 검지를 댄 마히루의 달콤하면서도 장난기 어린 미소에 한순간 넋이 나간 아마네는 나머지 한 손을 자기 머리로 가져가 한 번 헝클어진 뇌를 풀어주듯이 난잡하게 머리카락을 벅벅 쓸어 넘겼다.

"미래의 내 책임이 막중하네."

"그러게요."

오늘 가장 기분 좋은 미소를 보인 마히루에게 아마네는 아무 말도 할 수 없게 된다. 그렇기에 아마네는 마히루가 행복하다면 그걸로 됐다고 체념하며 풀어지는 자신의 뺨을 그냥 내버려두었다.

She is the neighbor

Angel,

I am spoilt by her.

후기

이 책을 구매해 주셔서 감사합니다.

작가인 사에키상이라고 합니다. 옆집 천사님 11권, 즐겁게 보셨을까요?

그런고로 이번 권은 밸런타인데이 후부터 화이트데이, 그리고 수험생으로 향하는 카운트다운인 봄 방학으로…… 이어지는 권입니다.

밸런타인데이가 끝났다면 그래, 학기 말 테스트지. 1학년 때의 아마네 군이라면 밸런타인데이보다 먼저 머리에 떠오르는, 회피 불가 이벤트입니다.

어째서 학생은 시험이 많은 걸까요……. 지옥이잖아…….

이 책의 독자 여러분 중에는 현역 학생도 계시겠지만, 정말로 대단해, 지금의 나는 그토록 책상 앞에 앉을 수 없어……라고 생각하게 됩니다. 열심히 공부해서 진짜 대단해!

본편으로 화제를 돌려서, 이러니저러니 해도 다 같이 시험공부를 하거나 조용히 묵묵히 애쓰며 많이 공부하고 있는 두 사람입니다. 기본적으로 성실한 두 사람이라 싫어하지도 않고 자진

해서 하고 있네요. 그 성실함이 제게도 있었으면 했습니다.

화이트데이에는 보답으로 일터로 초대~한 셈인데, 마히루 양은 싱글벙글 속으로 대흥분 상태였을 겁니다. 웃는 얼굴이 평소보다 더 밝았겠죠.

참고로 작중에서 아마네 군이 사실은 인기 있었다는 의혹이 나왔는데, 엄청나게 인기가 있다는 건 아니지만, 아마네 군을 보러 다닐까 하는 정도의 사람은 있을지도 모릅니다. 여자친구가 있다는 걸 알고 격침당하겠지만요.

미야모토와 오오하시는 약간 조마조마 지켜보고 있습니다. 아마네는 반대로 두 사람을 조마조마 지켜보고 있지만요. 이 사람들 언제 이어지는 거야……? 하고요. 언젠가 이어질지도 모릅니다. 어쩌면 그대로일지도 모릅니다.

여담으로 전권에서 오오하시와 미야모토 사이에 무슨 일이 있었는지는 다음 기회에. 본편 내에서 이것저것 쓰는 일은 아마 없으려나요.

그리고 마지막에 은은하게 불길한 요소가…… 불길한가? 한바탕 파란이 있을 것 같은데, 다음 권을 기다려 주세요.

이번에도 하네코토 선생님께서 멋진 일러스트를 그려 주셨습니다!

헤헤헤…… 메이드복에 이어 웨이터 차림의 마히룽도 볼 수 있다니…… 이 무슨 포상이란 말인가. 마히루 양은 귀여운 옷도 잘 어울리지만, 이런 바지 차림도 잘 어울린다니까요…… 만약의 설정 일러스트를 볼 수 있다는 게 정말 기쁩니다. 아마네 군과 나란히 서 주지 않으려나……. 이런 점원이 있는 찻집이라면 맨날 다닐 텐데…….

참고로 매번 표지의 천사 날개 모티프를 찾는 게 낙이 되었습니다. 여러분은 찾으셨나요?

엄청 개인적인 이야기인데, 하네코토 선생님의 일러스트는 인물이 멋지고 귀엽고 근사해서 좋아하는 것도 물론 있지만, 배경도 좋아하거든요. 정말로 그곳에 마히루 양과 친구들이 살고 있구나 하고요. 생명이 살아 숨 쉬고 있다고 할까, 정말로 '있다' 고 생각하게 해줄 정도로 싱그러운 일러스트라서 매번 받을 때마다 싱글벙글해요. 빛을 표현하는 방식을 무척 좋아합니다. 전부 좋아해요. 어휘력 사라지네.

자, 마지막으로 신세를 진 분들께 감사의 뜻을 전하겠습니다.

이 작품을 출판하는 데 최선을 다해 주신 담당 편집자님, GA 문고 편집부 여러분, 영업부 여러분, 교정 담당자님, 하네코토 선생님, 인쇄소 직원 여러분, 그리고 이 책을 구입해 주신 독자 여러분, 진심으로 감사합니다!

다음 권에서 또 볼 수 있기를 빕니다.

끝까지 읽어 주셔서 감사합니다!

She is the neighbor

Angel,

I am spoilt by her.

옆집 천사님 때문에 어느샌가 인간적으로 타락한 사연 11

2025년 12월 15일 제1판 인쇄
2026년 01월 05일 제1판 발행

지음 사에키상
일러스트 하네코토

제작 · 편집 노블엔진 편집부

발행 미스터블루(주)
등록번호 107-88-30967
주소 07551 서울특별시 강서구 양천로 570 NH서울타워 19층
대표전화 02-2013-5665

ISBN 979-11-380-6423-1
ISBN 979-11-6625-555-7 (세트)

구매 시 파손된 도서는 구매처에서 교환하실 수 있습니다.
기타 불편사항, 문의사항이 있으신 독자님께서는 노블엔진 홈페이지
[http://novelengine.com] 에서 Q&A 게시판을 이용해 주시기 바랍니다.